Marguerite Duras

玛格丽特·杜拉斯

(1914—1996)

法国小说家、剧作家、电影导演，本名玛格丽特·多纳迪厄，作品涵盖小说、随笔、剧本、电影等多种形式，以《情人》获得法国龚古尔文学奖，以《广岛之恋》和《印度之歌》等赢得国际声誉。早期作品形式古典，后逐渐打破传统叙事方式，并赋予心理分析的内涵，给艺术带来了革新。

Marguerite Duras

玛格丽特·杜拉斯

Les impudents

Marguerite Duras

无耻之徒

[法]玛格丽特·杜拉斯 著

桂裕芳 译

上海译文出版社

献给我不了解的哥哥

雅克·D

一

慕推开窗户，于是房间里充满了山谷的噪音。太阳正在落山，后面留下大片云彩，云彩聚集起来，仿佛盲目地奔向光明之渊。他们居住的“八楼”高得令人目眩。从那里可以看见下面深处的、有声响的风景，它一直伸展到塞夫勒山丘的那条黑线。在遥远的地平线与悬在半空中的这座住所之间，处处是工厂和工人区，空气中饱含着轻微的雾气，像水一样发蓝和稠密。

慕在窗前待了一会儿，手臂搭在小阳台的栏杆上，俯着头，那姿势就像无所事事的孩童。但是她面色苍白，烦恼至极。

她朝室内转过身来，关上窗，山谷的噪音突然中止，仿佛她关上了河上的闸门。

饭厅最里边有一个餐具柜。这个亨利二世式的家具很平常，但久而久之成为格朗家的一个哑角。它一直追随这家人，二十多年以来，它的那些伤痕累累的盘子为他们盛装食物。乱七八糟、缺乏风格的餐具说明他们令人吃惊地毫无审美观。看到这个餐具柜，人们就明白格朗家从不挑选或采购家具，而是满足于从遗产中偶然得到的或美或丑、或得体或不得体的家具。

因此，在他们经过旅途劳顿，傍晚到达这里时，他们仍然在这个亨利二世式餐具柜旁相聚。这些傍晚总是最难以忍受的，因为他们发觉他们相互仍未分离，那个旧餐具柜仍然盯着他们，仿佛是他们的绝望的形象。

今晚，在这家具上放着塔瓦雷斯银行致雅克·格朗的付款单，它正等待被拆开。付款单来得总不是时候。今天是个不祥的日子，因为雅克刚刚失去妻子米丽埃尔。她就在今天死于车祸。雅克被家人遗弃，独自在睡房里哭泣，这是因为家里人与米丽埃尔不熟，而且各人有各人不去帮助他的原因，此外还有格朗家所有人的共同原因：怀疑和藐视他如此表达的痛苦。因此，慕不去看雅克，哪怕以塔瓦雷斯银行来信为借口。此外她觉得这封信来得也够巧，它尖刻地突现出这悲剧性的、怠惰的一天是命中注定的。

在饭厅里，椅子上乱七八糟地扔着一些衣物：哥哥的大衣、围巾、帽子。这些东西质料上乘，与慕的衣物完全不同，因此使她吃惊。

雅克的呜咽声从饭厅门外，从光秃秃的、又窄又黑的走道尽头传过来。慕将高挑的身子靠在窗上，抬起脸，聚精会神地听着。她这样子很美，这美表现为她面部强烈的阴暗部分。她长着灰色的眼睛，但过于宽大的苍白前额使眼睛变得阴暗。颧骨高高的脸因聚精会神而一动不动。

慕只感觉到心脏在沉重地跳动。一种难以克服的厌恶之感在胸中汹涌，但她的身体牢牢地控制它，就像坚实的河岸遏制洪水。她听着哥哥的呜咽，这位比她长二十岁的、四十岁的老哥哥像孩童一样哭泣。他和米丽埃尔结婚不到一年，这门婚事是他生活中最重要的大事，因为在这以前他什么事也没有做。自他成年时起，也就是说将近二十年以来，他一直只在——用他的话说——忍受家里人。

格朗-塔内朗太太轻松地容忍他过一种闲散与危险的生活，但从不原谅他娶他圈内的社交女人为妻。如果说他们之间的争吵很快就发泄完毕，如果说当塔内朗太太看到儿子的怨恨有增无减——它每次都证明她对他的影响——时，她便神奇般地平静下来，那么今天的情况可不一样。

慕猜到母亲独自待在寓所尽头，藏在厨房这个最后的防御工事里。那里没有任何动静，但是慕知道表面上不声不响的塔内朗太太一直受到抽泣声的折磨。自从下午三点钟起（现在是晚上八点钟），自从这种折磨开始以来，抽泣声造成了极大的破坏。

门铃响了。年轻的姑娘走去开门。同母异父的弟弟带着孩童的机灵劲儿稍稍露了露脑袋，和塔内朗一样棱角分明的棕色脑袋。

看到慕低声说话和家里反常的寂静，他猜到发生了什么事。

“出事了？别管他们，跟我来吧。咱们逃走。”

慕拒绝了。她打开了身边一盏小灯，开始等待。

不久传来钥匙的转动声，塔内朗先生从昏暗的走廊里出现了。他蓄着稍稍发红的短髭，两眼无神，脸上布满了像伤疤一般的皱纹，人很瘦削，稍稍驼背。

塔内朗从前有令人满意的工作，在奥什中学教授自然科学。到了退休年龄以后，他娶了格朗太太，她也住在同一座城市，她的第一个丈夫曾在那里当税务员。

塔内朗从公共教育部回来，他六十多岁还不得不去那里再干点工作以贴补家用。自他结婚以来，沉重的负担完全耗尽了他个人的财产。

说实话，他周围的人对他的牺牲感到泰然。此外，自从他工作以来，他稍稍摆脱了家人的专横，觉得更自在。他的确从来不习惯于家庭生活所带来的不可避免的束缚，何况他时时对妻子前夫的儿子雅克·格朗感到恐惧。当初，尽管格朗太太已有两个孩子，他仍然毫不犹豫地娶她为妻，因为他认为大男孩多半很快就会独立谋生。

他有了个儿子，叫亨利。他在暗中深深地爱着亨利，但很快就不得不接受这个想法：他得不到任何回应。

因此，看起来塔内朗生活在极端的孤独之中。

他回到家中，也看出发生了不寻常的事，他朝继女走过去，盼望她为他解惑。

“您要是愿意，我马上给您端上饭菜。”慕只说了这句话。

与此同时，塔内朗太太用微弱的沙哑的声音叫了起来：

“慕，你照料父亲吃饭，都准备好了。”

年轻的姑娘赶紧铺开漆布，摆上一副餐具，去到厨房里。

母亲总算开了灯，她在读报，没有抬头，用郁闷的声调说：

“都做好了。你和父亲一起吃，要是弟弟回来，你也照料他吃饭。”

慕没有说弟弟今夜肯定不会回来。

晚餐很快就结束了。塔内朗一心只想回到自己的卧室。但他仍然低声问道：

“她死了，是吧？”

慕点点头，他又说：

“你知道，毕竟我不愿意他遇到任何倒霉事。这事很遗憾。”

他咀嚼食物，这种声音在静寂的房子里显得古怪，惹人气恼。他走出饭厅前转过身说：

“我不想打扰你母亲了，你代我向她说晚安吧。”

他的卧室与饭厅仅隔着一堵墙。慕能听见他长久地踱着步。在他脚下，没有地毯的地板发出轻轻的嘎吱声。

慕感到平静。长久以来，自从雅克夫妇开始缺钱以来，悲剧就在酝酿之中。

在她的记忆中，她每次看到雅克时，他都手头拮据——只有他婚后头几个月除外。他总是缺钱。这是他生活中最最重要的事。他处于金钱的旋风、金钱的眩晕之中。

手中有钱时，他就成了另一个人。他如此强烈地视金钱如草芥，以致愚蠢地浪费、挥霍，在几天的幻觉中花掉可维持一个月的钱。他更新服装，大宴宾客。在暂时的阔绰中，他极为傲慢，整整一周不在家里露面，而这个家以如此可耻、如此吝啬的方式珍惜每一分钱，就像其他人珍惜力量，珍惜乐趣，就像顺从的仆人珍惜主人一样。

当他裤袋里只剩下几张票子和几个铜币时，他便辛酸地掂量那可怜的出路。于是他寻找机会，试着将一位同伴的旧车推销出去，不成功就去赌博，一下子输得精光。最后他疲惫不堪，变得孤僻，一切仰仗同行圈里的人，他们多年来熟悉此道，不乏“妙计”。（也许只有他们对他怀有某种同情心，而他却厌恶他们，因为他们看到他生活中最不光彩的时刻。）

妻子的钱和通过暧昧的手段赚来的钱都很快用尽了。在好几个月里，这对夫妇曾过着可称作无耻的生活，因为它毫无意义，但过起来也不顺当：即使在慷慨大方的表面下，生活完全是自私的、无所事事的，只有一连串不间断的娱乐和休息，不断地排解烦闷。

米丽埃尔将财产委托给雅克，始终不知道他如何处理它。她“讨厌算账，她从来不算账”。他呢，不久以后他就像疯子一样努力填补他个人扯的亏空。

很快他就开始问人要钱。人们能给出的不多的钱，最近以来，总数也很可观。

“我知道你不能给我很多，你尽力而为吧。一张一百法郎的票子就够了。我得撑下去。”

“我原以为你妻子有钱哩，”母亲反驳说，“你以为我的负担还不够重吗？”

他不回答，免得坏事，因为他揣测自己的困难会越来越多。塔内朗太太的确给得越来越少，而她儿子的需求有增无减。他用发誓和哀求所讨到的这些钞票，在米丽埃尔看来，越来越意味着必需的一切：长筒袜（“她没有穿的了”）、房租、赎回一件她的“家传”首饰。最后，他要钱时不再提出任何理由了。他们得吃饭。而且他以有趣的方式说出来。

“可怜的女人现在做饭，还做得很好！你要能尝尝就好了。等我们手上有了钱，你来吧，妈妈，好吗？”

“那我呢，我不做饭吗？你不喜欢我做的饭？你说说……”

她讨厌他，因为爱的底层充满了恨。归根结蒂，她对他爱情上的不幸遭遇并不感到不快。

不久以后他就开始了动人的表演。他像病人一样躺着，等待别人来问他是怎么回事。

“没事，我没事，今晚我不能空手回去。她肯定在等我，我情愿不再见她，情愿消失。”

被他遗弃了好几个月的这班人马又成为他思念的对象。

于是，出于崇高的互助精神，他的弟弟、妹妹，继父，每个人都寻找，从口袋或衣袋里搜出钱来，所有的人，慕、亨利，塔内朗本人。他们欣喜地、偷偷地塞给他二十、三十、五十法郎，但他却喜欢使他们气恼。

“妈妈听进去了？”

“不，她再什么也听不进去。”

既沉着又灵巧的塔内朗太太就这样操纵自己的小船，掌握儿子的命运。儿子很快就厌恶了自己的小窝，日益频繁地回到家里吃晚饭。塔内朗太太从不一次给他许多钱，免得他以为她听他支配，但她给的钱总足够他维持基本的开销，也能吸引他回家。

然而，陡然间，他有半个月没有露面。他们猜想他做成了什么买卖。

不久以后就开始了塔瓦雷斯银行专用信笺的时代。每隔四个星期就定期收到一封。最初，当雅克手里还有钱时，他对信件漠然处之，但很快他就陷入可怕的慌乱之中。

没有受过债主逼迫的人不可能理解对这些贪婪之徒所感到的极度厌恶。全家人与雅克一同受到塔瓦雷斯银行付款单的折磨。雅克的信通常寄到他妻子那里，但他却让这类信件寄到母亲这里。

“餐具柜上有你一封信，我想是塔瓦雷斯银行的付款单。”

他将信塞进口袋，揉皱它，仿佛在一个小时里他真在咽下这张纸。这时他陷入一种被他厌恶的遐想，可以猜到其中的塔瓦雷斯这个人物长着杀人狂的嘴脸。

接着，在一段时间内，雅克不再来取信，以为这样它们就不存在。但他很快又身无分文，不得不再露面。他母亲立刻追问他：

“告诉我你做了什么，雅克？你父亲去世时我不得不借债，我知道借债要付什么代价。”

他屑于说出的惟一回答是：

“借债，短期的，但很频繁。在我这种情况下，我永远不可能一次还一大笔钱。”

“为什么这样故弄玄虚，为什么不告诉你妻子？”

塔内朗太太盼望她的媳妇也尝尝债台高筑的折磨。但雅克不让妻子参与任何金钱事务，他是有道理的。同样，他始终不让妻子结识他的家人，因为他厌恶他们。她一次也没有来过就死了。

雅克爱米丽埃尔大概胜过爱任何人，而且更持久，更真诚。在雅克眼中，她长期保持着他们交往初期的那种象征性魅力。

悲剧今晚发生了，突如其来，出人意料。它大概会解决变得错综复杂的混乱局面，以奇怪的方式结束它。其实，几个月以来，每个人都在等待给雅克和母亲的折磨划上这个句号。

将近晚上十点钟，慕听见哥哥叫她。

她走近时，雅克抬起肿胀的脸，然后又将头埋进枕头，仿佛埋进悲伤之中。他沉浸在自己的痛苦里，颓丧消沉。他大概奇怪还能这样活着。

她在他身旁坐下，伸开痉挛的手指抓住他紧握在手中的一绺头发。他立刻倒下，放松，毫无顾忌地呻吟起来。

“她真的长着金发，”慕说，“她的头发又细又光滑，像小孩的头发。”

他微微一笑，几乎是会心的微笑，让她明白她完全抓住了他的思想的含意。他稍稍摆脱了痛苦，对米丽埃尔的回忆微笑。

她久久地向他解释说不应该把她的死亡看作是异常的事。古怪的是，她一面讲，内心有个声音在重复同样的话，但含意却与她想说的有所不同。

他只想回忆死者。他描绘那天夜里她胸部凹陷被抬回来的样子。

“和她在一起的伙伴将她抬了回来，”他说，“他们放下她就走了，因为他们以为她已经完了。她失去知觉，但还在呼吸，我守了她一夜，然后送她去医院。”

他时不时地停顿，然后神情专注地继续说：

“她没有任何伤口，我以为她是昏迷。我给她盖上毯子，但她渐渐地变得冰凉，我感到她的体温在消失。有一阵我几乎要疯了。她在笑，我向你发誓，就像她嘲弄我时那样笑。我傻傻地和她讲话，讲了一整夜……到天亮时，我在光亮下看她才明白：我把她的怪相当成了微笑。我送她去医院，今天傍晚她才去世。”

“你是怎么想的？……”慕问道。

“我不知道，什么也不知道。她对我说过她从来没有这样快乐。没有理由出这个车祸。大街上很空旷，又没有下雨。那些同伴也感到疑惑，而我从来没有使她痛苦。她是我有生以来爱过的惟一的女人，惟一的女人。”

他本能地重复最后这句话。他振作起来，不再沉溺于内心的悲伤，于是又哭了起来。

“惟一的女人，”他重复说，“我爱过的惟一女人。”

突然间，慕觉得她没有任何理由再留在这个房间里，通常她是从不进来的。与哥哥这一刹那的亲近使她感到羞辱，就好比她向敌人作了让步。

她站了起来。他有气无力地叫住她。那种迷人的，几乎女性的声调使她没有丝毫幻想。

他很拘束，不知如何说出口……

“我叫你来，我没钱了……我借了债给她治伤。妈妈呢，你知道，我不能向她要钱……”

慕用明亮的大眼睛瞧着他，脸上毫无表情。她想到餐具柜上塔瓦雷斯银行的信。

他们已经给了他这么多钱！他不是一直巧妙地打动人心以获得钱财吗？一分钟以来他在利用自己的不幸。

但她犹豫着没有走。他为了要几个钱而如此低下，这使她十分吃惊。再说她可能弄错了。看上去可怜巴巴的雅克大概对自己的真诚深信不疑。

她冷静下来，迅速地权衡利害得失，仿佛习惯于这种事务。

雅克的眼神已经变得凝定而冷漠，因为她迟

迟没有回答。

“你要多少？”

他谦卑地低声说了一个数目。接着他认为应该再加一句话，他眼中闪烁着泪水和贪欲：

“我走了一整天去找钱。一个伙伴也找不到。为了这点小钱，真是可笑。”

慕没有回答。她拿起手袋，数数里面不多的钱，说道：

“剩下的明天给你。”

她感到局促，没有看他。她没有把钞票递给他，而是将它们放在他胸前。

第二天雅克埋葬了妻子。塔内朗太太陪着他。从沉闷的丧礼回来，他们突然和解了。在早上清新的空气中，树液催开了苞芽，阵风已经吹来碎石路和尘土的气味。这种气味刺鼻扑来，使人完全走出了冬天。夏天即将来临，早来的夏天。雅克和母亲谈论去于德朗的事。

“这会使你恢复的，亲爱的，我哩，我也可以更密切关注我的利益。何况我们很久没有去了……”

雅克一言不发。他已经感到体力在恢复之中。自他孩童时生病以来，他就再不曾感到病后休养的乐趣，他几乎害怕贪得无厌的大自然可能会强加于他的时刻。此刻他挽着母亲的手臂，在洒满阳光的、稍稍倾斜的马路上安然地往下蹓跶。他本该伤心，但他并不伤心，虽然他并不反对被人安慰，并不反对在一段时间里得体地用低哑和含混的声音表达忧伤。他沉默无语，母亲便接着说：

“至于塔内朗，没有我们他也过得好，因为显然他不愿意去，像往常一样。”（她和大儿子谈起丈夫时，总是称他为“塔内朗”。）

于德朗位于多尔多涅省。他们结婚后曾在那里定居。那是亨利的出生地。很快他们发现购买这个产业是失算的，但他们仍然在那里住了七年，从来没有想到卖掉它。他们定居巴黎以后仍然保留它，虽然土地收益少得可怜。

当塔内朗太太看到政治事件使前途暗淡而忧心忡忡时，只有她偶尔想到于德朗。

“幸亏我们有于德朗！拥有土地的人有福了！”她用警句式的语气大声说。

离开奥什以后，他们曾在于德朗度过了漫长的艰难岁月，蛰居在那所太大房屋的几个房间里。

在七年中，他们全心全意地振兴庄园。但于德朗属于整整一批人，他们不是本地人，不知道如何经营，因此庄园十分破败。果树长久无人修枝，葡萄藤太老，果实也就越来越少。只有草场没有受到太大的糟蹋，喂养着佃户的六头母牛，庄园四周的小树林多年来无人修整，已是枝叶繁茂。

塔内朗太太不久就气馁了，骤然之间失去了工作热情。她就是这样突然抛开曾经热爱过的事物或人的，她不能深沉地始终爱同一个对象。她的热情一般总能克服一切阻力，但是在于德朗却失败了。她的一切努力都是枉然。她绝望的努力受到农民的嘲笑，于是她走了，将产业交给佃户戴德。这位看管人大概靠土地活了下来。但是塔内朗太太从来没收到任何租金，不过终归认为幸运，因为于德朗没要她一分钱。

在五月的这个早上，她突然想要回于德朗，这是因为她需要忘记这件悲伤的事。的确，对格朗-塔内朗一家而言，于德朗代表一种圣地，令他们难以释怀。他们认为曾在那里艰难地生活和受苦，但想起那里的生活时也不无留恋，那是在巴黎以前，而在巴黎的生活中，每个人都目睹了其他人的软弱与失败。

当塔内朗太太向儿子提出去于德朗时，儿子没有回答，于是她明白，他同意了。这是少有的事：她能抓住他，让他听她说话，他显得温顺可爱。一般来说，他不是一觉醒来就逃离这个家吗？只有每日两次同桌共餐能让格朗-塔内朗全家聚在一起，但在餐桌旁他们仍然相互厌恶，一面相互戒备一面狼吞虎咽……然而，身边的儿子并不使这位母亲非常高兴，因为她忘不了刚刚被下葬的那位可怜的姑娘。尽管她对这次不幸不负任何责任，她仍然无法平静下来。

她时不时地看看儿子，他高大英俊，在男人身上，这种俊美令人不知所措。她对这个儿子的魅力不知寄托了多少幻想。在他身上她又找到了生育他时的那种狂热的希望。在第一次失望以后，她后来的生育就不那么了不起了。

雅克很快将满四十岁……她一向附和他的古怪念头，而在每次经历、每次荒唐行径后，他又回到她身边。她的命运就是当他想跑回来时接待他，别无所求，只是照料他，仿佛他是富裕的资产者。如果她提出有关他前途的建议，他就总是暴跳如雷，威胁说要出走。现在他到了成熟的年龄，她目睹他日渐走下坡路……她认为自己十分对不起儿子，也不愿意多想。例如她为什么没能阻止儿子玩这场可能产生灾难性后果的危险游戏呢？因为她毕竟不敢确定米丽埃尔不是自杀。

塔内朗太太就这样回想悲剧，接着她的思想自然地转向慕这个仍然属于她的姑娘。难道不是她给哥哥钱吗？得弄清她是怎样弄来的钱。然而，要打听慕的事，每一步都是困难的，她宁可承认哪个孩子也不听她的话。但是没有她，这个家庭也不可能存在；每个人都会永远地避开别人，这她知道。作为母亲，她有那个老儿子，那个忘恩负义和肯定心怀叵测的女儿、那个邪恶的小男孩；作为妻子，丈夫之所以没有离去大概是因为这里饭菜可口，还因为他在这个松动的土地上建成了一座冷漠的堡垒；她为这所有的人献身。有一刻，她希望成为一位平静的老妇人，任务已完成，她可以轻松地死去或随兴所致地生活。一段时间以来，她梦想过平静的生活。为什么把孩子们，尤其把大儿子留在身边呢？为什么一直紧紧地监护他呢？为什么让他始终依赖自己，反常地延长她的母爱呢？是的，她本该尽早摆脱雅克。有时这个想法在她脑中一闪，她感到害怕……应该提防那些在肉体上和财物上掠夺你的子女们……结束奴役，现在她似乎连想也不敢想……

她突然感到疲乏。洒满阳光的大道仍然在邀请她品尝五月清晨的欢愉，但她突然精疲力竭。

“坐出租车吧。”她大声说。

但当他们在车里坐定，当他用惊奇和责备的眼光注视她时，她又顺从地恢复了原态。

慕常常想不再回家了。但每晚她都回来。这种态度可能显得古怪，但这也是她的兄弟和继父的态度，他们不由自主地每晚都露面，而且长期以来便是如此！即使去到天涯海角，早晚他们也会回来，因为家庭的小圈子始终强烈地吸引他们，在这里，即使无所事事，他们相互之间的兴趣也丝毫未减。说实在话，他们无时无刻不在空谈出走，但谁也不认真。

格朗-塔内朗一家也有适意的时候，虽然不多。自然而然的相安无事犹如暴风雨中的平静。他们奇怪的敌意如果不与平静交替就不会如此强烈。在平静中他们松口气。

晚饭以后，全家立刻散开。

塔内朗回到他房间享受惟一真正幸福的时刻。要是在别处，在安静的旅店里，他会同样孤独，而且会烦闷，因为格朗家的喧闹成为他不可或缺的：慕在墙的另一侧轻轻咳嗽，她在等待兄弟们出门……他妻子在莫名其妙地兴奋，来回迈着生硬的步子，使周围产生一种儿童式的无意识的氛围……塔内朗多年以来一直爱她。从在于德朗生活时起，他一直希望她晚上再露面，温柔地和他说话；但是自从他们分房睡以后，她再也不来了。塔内朗太太做事从不惜力，现在又老又憔悴，尽管如此，塔内朗始终在等待她，一直希望有一天她会放下工作走进来……

塔内朗等着两兄弟出门。

雅克·格朗出门时，用讨好弟弟的体贴声音问道："你去哪边？"他的声音使塔内朗感到羞辱，塔内朗要是有勇气的话会从房间里奔出来（他说自己将继子视为路人，这是撒谎）。此外，弟弟很少与哥哥一同走。对父亲来说这是一种满足，但他也知道稍后不久自己的儿子也会像猫一样轻轻带上门走掉。两年来，亨利晚上也出去追姑娘……

有时，出门以前，他去敲父亲的房门，慕能猜到是什么事。他肯定束手无策，受到母亲的拒绝，才来找父亲要钱的（“去找你那老守财奴的父亲！”）。塔内朗看到有人求助很是高兴，但预感到如果让儿子看出他乐于相助会很危险，因此他丝毫不流露喜悦之情。当儿子三步并作两步跑下楼梯时，他天真地认为是他给的一百法郎使年轻人如此兴高采烈。

当他们说有个儿子“去了塔内朗房间，正在向塔内朗要什么东西”时，每个人都意识到正在上演一场比激烈场面更可怕的默剧，因为在塔内朗身上找不到任何敌手，他完全失去了威信。惟一使格朗家自觉不体面的事，就是最终向他们的受害者求助。只有缺钱时才这样做。

慕难以忍受这些经常发生的场面。她还很年轻，分享大家的生活，为亨利难过，对雅克的不幸无法袖手旁观。同样，当母亲在清晨发现某个儿子彻夜未归而担忧时，小姑娘也起床，同样焦虑得颤抖。

亨利也出去了。在第二次撞门声后，家里一片寂静，但不久就被塔内朗太太嘈杂的动作打破了。

慕独自待在小客厅里沉思。

在她这个年龄，每个季节都带来点新东西。近一年来，亨利外出时不再带上她，他们之间有点不自在，但她说不清。此外，嫂嫂去世后，每个人都在逃避，她本人也不找同伴。人们似乎长期以来就盼望发生一件大事来结束雅克对家庭的影响，但失望了。雅克又开始外出，恢复他因丧偶而暂时免除的、对家庭的统治。在那件大事以后，他反而越来越挑剔，几乎不能容忍与塔内朗同桌吃饭。他像从前一样整天在外面，但不愿意别人说他不痛苦，因此他装作气急败坏以模拟痛苦。

人们总会认为他对家庭有责任感，因此这个

负担赋予他过分的权力。塔内朗太太为了将他留在身边也鼓励他这样想。

“你是长子，”她常常对他说，“要是我死了，你得把妹妹嫁出去，照顾亨利。我不能指望塔内朗。你了解小家伙们，能够管他们，这我知道。”

要不是雅克自以为在家里是个有用的人，也许他早就忍受不了二十年来完全无所事事的生活。

年轻人外出以后，塔内朗时不时地壮起胆子走出来。临近的于德朗之行此刻成为他的借口，他可以和妻子谈谈他们的利益，他也高兴地看到塔内朗太太每晚来小客厅找他。

这两位女人听任塔内朗夸夸其谈，他的声音最后总是令她们厌烦，因为它总带有一种病态的神经质。

塔内朗知道妻子最喜欢的话题，他再一次说：“雅克应该在于德朗定居下来，免得在巴黎苦熬。”然而，很可惜！我们可以长期梦想一件事，而当有机会实现梦想时又感到失望，因为现实总是不如希望那样光彩夺目。塔内朗太太犹豫着没劝儿子接过产业，因为她很久以来就盼望他到了生活的某一时刻会自动提出来。

然而他那喜欢冒险的天性又一次占了上风。要说服他规规矩矩过日子，就必须忍受他可怕的暴戾脾气。而塔内朗太太对大儿子是既爱又怕，因此她不愿听丈夫的话。

但是丈夫揣测到她为何沉默，更坚持说：

“再过些日子对他就太晚了。至于别的孩子，别谈了！……你也看到，亲爱的玛丽，我们的儿子离开中学以后就无所事事。如果不及时制止他，他会走上他哥哥的路。慕也一样麻烦，你很清楚……”

他以为能用啰嗦的词句为残酷的话语涂上一层光彩。很久以来，他用这种语气使姓格朗的兄妹难堪，他们说话粗俗正是因为他们讨厌塔内朗，何况他们还应用了雅克的词汇，这些词汇随着雅克的交往圈子而不断变化、丰富。自从他结识了妻子——尽管她现已去世——他总是模仿一种过分做作的、傲慢的嗲声说话。

当父亲谈到慕时，小姑娘眯起眼，耸耸肩，向后扬起头冷笑，一副无情的不屑一顾的神气，无意中她已经像女人一样乐于用前后矛盾的奥秘使男人感到窘迫。

“你尽管笑！看到你这样晃来晃去谁不担心？只有这样的家庭才对一个女儿如此不关心。”

塔内朗太太生了气。她愿意怎样养女儿就怎样养。她不是这样对待亨利的吗，不是让雅克那样的孩子避免走上邪路的吗？

“关于女儿，说得够了！至于雅克，我到那里再看，如果他厌烦于德朗，我不会把他留下的。在出了这件事以后，我们要谨慎。预防最坏的情况。”

最坏的情况有时是微不足道的事，有时是令人惊恐的事，这得看说话人是处于忧伤还是相对平静之中。它有时以确定而令人失望的面貌出现在每日的生活中：罪恶、自杀、大量盗窃。它存在于房屋之外，像传染病一样在城里转悠，但还没有碰到你们。而人们在生活中满足于避开它……

“就算他在于德朗感到厌烦，你想他会出什么事呢，妈妈？”

母亲盯着黑夜，观察先兆。

“你还太小，闭上嘴。”

一种迷信的恐惧给她的感情罩上一圈阴影，她十分不安，宁可沉默。塔内朗很气恼，像坐着的死人一样垂着无生气的头，在安乐椅上一言不发。于是妻子给他端来一杯椴花茶作为安慰。这使他们大家想起许多事，特别是慕。她很小时，在于德朗，每次塔内朗患感冒，她的兄弟们都把这件苦差事推给她做。塔内朗太太十分生气时才拒绝给丈夫这小小的快乐，而这种茶对谁，对任何人都是随便提供的。慕总害怕穿过整座房子。她到达时，茶杯里往往有一半都空了，而茶碟里全是茶，但是塔内朗将茶碟里的茶倒回杯子，然后大声地吸着喝。慕坐在小凳上，等着他喝完。

他一面喝一面自言自语，声音哽咽，十分忧愁。

“我自问到这个倒霉的地产来干什么呢。在奥什那所该死的中学里我也不痛快，但至少我受人尊重，而在这里……”

那时妻子已经不再照料他，她整天忙于庄园的工作，一心照看儿女。

为了把慕留在身边，他用尖刻而体谅的语气问她。

“你来的时候很害怕，是吧？你喜欢这里吗？”

是的，慕喜欢那里。塔内朗不是她家里人的证据就是他不喜欢那里。对她来说，在于德朗的日子没有开始，似乎也没有结束。至于奥什，她几乎不记得。

“他们在厨房里干什么？去告诉他们我讨厌他们，听见吗？”

她不回答塔内朗。他终于把杯子交还给她，她撒开腿一直跑到厨房门口，恐惧这才消失。于是她默默地在火前坐下，靠着亨利。

她以这种方式爱塔内朗，就像爱一些无生命的物体，因为这些物体使你回忆起某些事，使往事永远不完全离开你。当她回想起在于德朗走廊里所感到的恐惧时，这种恐惧也反映在塔内朗茫然的、有眼眵的双眼中。她对人的厌恶就自这些傍晚开始，它与椴花茶的气味和吮吸的声音交混在一起。只有她知道塔内朗有时说的话："他们在厨房搞什么鬼？告诉他们我讨厌他们。"这些话里包括少有的毒素：一个男人的懦弱，不幸。

雅克偶尔比平时回家早，看到那三个人还没有上床，便很生气。他不知道晚上母亲还和她丈夫及女儿谈话。自丧妻以来他较早回家，一看到家人在小客厅谈话比当他的面说话更为自在，他便气急败坏。

他半推开小客厅的门，露出尖刻的微笑，平静地大声对塔内朗说：

"咦，您也在这儿，您？"

慕一动不动。

一张报纸被他漫不经心地扔到继父塔内朗脚前。

“您要就给您，这是最新的《巴黎晚报》，您不是烦闷吗，这给您解闷。”

房门又关上了。可以听见他在隔壁房间里吹口哨，吹得很准，是时髦乐曲。塔内朗站了起来，瞧着脚下的报纸。但在离开以前，他对妻子说了几句怪话，他知道她无法辩白，因为怕儿子听见。

“亲爱的朋友，我可怜您；您儿子对我失礼，我不在乎。但对您来说，这是开始，您给自己制造了不幸，而您还在继续。”

接着，他回到卧室，神色高傲而凄惨。于是慕一声不响地也钻回睡房。她在黑暗里脱衣，快快地、悄悄地，不让任何人想起她那如大海沉船一般毫无价值的、被遗忘的生命。一种莫名的怒气将她抛到小床上，她用两手紧紧抓住它。但这很快就过去了，就像在于德朗的恐惧一样，等天一亮就变得难以理解。

二

于德朗的地产位于洛特省西南部、上凯尔西崎岖不平、人烟稀少的地区，多尔多涅省和洛特-加龙省的交界处。

塞穆瓦克和帕达尔这两个村子分享行政和宗教管辖权。它们专门种植葡萄与果树，一个林子高耸在高原松林之间，另一个位于迪奥尔河旁。如果说于德朗的土地属于塞穆瓦克村，那么在圣体瞻礼节时，却是帕达尔的神父来为它祝福。

在这个崎岖不平的地区里，它所在的山坡地势最好，除了奥斯代尔以外，也最高。奥斯代尔的城堡自十三世纪起就有了；它俯瞰方圆五十公里的地区，仍然是上凯尔西最威严的领地之一。

城里人很少来到这里度假，但还是有人在这

里拥有家庭庄园。由于地价便宜，塔内朗才能在这里安家。

这地区多少世纪以来种植葡萄，但如今已失去旧日的盛名，不过当地人还是骄傲地认为他们的酒胜过邻近省份所有的名酒。

塔内朗一家无法住在十年以来无人照管、不能居住的房子里。天花板漏水，房间的石砖缝里长出了草。只有酒库和李子晒场还良好无损，因为佃户和庄园主都使用它们。

如果说花园本身不算太荒芜的话，让塔内朗太太看得舒心的也只有这里了。房子里的家具大部分搬到了巴黎，因此住所实际上无法使用。

到达的那一天令人阴郁。得寻找临时住处。这是他们没有预料到的：塔内朗一家不得不去佩克雷斯家寄宿。

佩克雷斯一家是离于德朗最近的邻居。他们的曾祖父母曾是庄园的佃户，当一位庄园主被迫卖掉租佃地时，他们就买了下来。自那时起，最初的有产者逐步转让土地，这份地产一直在扩大，以维持第二个租佃地上的大房子。

如今，在早先的租佃地旁边有一座漂亮的住宅和一个大花园。成了富裕农民的佩克雷斯家雄心勃勃。

可惜他们只有一个儿子，他们的雄心只能寄托在这个儿子身上。

在一段时间里，他被认为是当地最好的婚姻对象，一来是因为他将继承大笔财产，二来是因为他仪表堂堂。再说他念过书，在村里拥有一定智力上的威信。

然而，让到了二十五岁，婚事还没有定夺。人们在哪里都看不见他，他母亲不要他和任何人来往。他变得寡言少语，十分腼腆。姑娘们灰了心。有钱和孤独的让似乎可望而不可即。人们不大想这事了。或者说，不久以后，人们对被称作“老租佃地”上的生活，对这个男孩与他那怪僻的棕发母亲佩克雷斯太太之间的生活感到恐惧。

九月的一个傍晚，在收获葡萄的、阳光灿烂的一天以后，祖母去世了，让的生活永远失去了乐趣。现在他惟一的同伴就是母亲，而他怀疑她对他爱得过分。母亲对儿子的爱，由于无法发泄，便表现得咄咄逼人，仿佛她在讨厌他。母亲的强烈感情和儿子的消极被动有增无减，虽然他们在单调的生活中丝毫没有机会表现。“老租佃地”上的气氛变得很古怪，就像心理剧里古典的阴暗背景一样，其技巧就在于决不让那两个体现剧本主题的人相互见面，因为那就会使戏的心理意义一下子消失殆尽。

佩克雷斯老爹哩，他的快乐在于工作。他决不插手家里这两个人的事，既是出于冷漠，也是图个清静，还因为他极为懦弱。这个弱点具有某种魅力，因此佩克雷斯老爹是人们惟一喜欢看见的、属于“老租佃地”的人。但是在家里，他这个弱点表现为无忠无信的诡计多端，最后使他逃避家庭。此外，他在妻儿眼中一钱不值，仿佛他是个无头脑的人。

“老租佃地”像于德朗一样远离塞穆瓦克和帕达尔。但那里不通小路，只有那条雷弗尔大路，它在五百米以外拐进雷弗尔村。从帕达尔可以抄近道去那里，所以农民们很少走这条大路。

让等了好几年，盼望有人从他家地里走过。他家惟一的邻居，于德朗的邻居，很久没有来了，冷杉林的侧影竖立在他眼前，孤单单的。但他母亲仍希望按自己的想法给他娶亲。

让被认为是一个可以随意对付的傻瓜。要不是他母亲看得紧，他是精明姑娘的一块肥肉。他不喜欢家里，像普通的包工工人一样在地里卖命地干活。他本可以雇用工人。但是佩克雷斯家虽然劳动卖劲，却很看重钱。不久就有人说让很吝啬，说话还有点颠三倒四的。

他母亲并不缺乏理性，终于感到不安了。让超过了她的期望，其实她愿意他对姑娘们随便一点。为了推动他这样做，她雇用了一位年轻女仆，毕竟她宁可看到他陷于低层次的恋情中，也不愿看到他结成不门当户对的婚姻或者如此悲戚地对待生活。

但是让没有碰睡在隔壁房间的女仆。他知道这是母亲设下的陷阱，他不愿意掉进去，哪怕只一次。

三年过去了。让快到三十岁。女仆留了下来。佩克雷斯家的生活勤劳而富裕，但愁闷而单调，因为这位独生子似乎疯狂地投身于这种贞洁而孤独的生活，仿佛这是一种应受谴责的情欲。

这种情形一直延续到一个夏日黄昏，让在常去的迪奥尔河边遇见一位陌生女人。他立刻感到自己像个罪人，在长途跋涉以后，某天精疲力竭地来到一个不知道他罪行的村庄。

那姑娘正在用一把闪亮的柴刀割灯心草。两根黑色的长辫沿着面颊一直垂到草中。褪色的红衣裙在深绿色河水的陪衬下，像树叶中的水果一样鲜艳夺目。她也像一位传奇式的女孩在暮色中充满幻想地离家出走。她看见这位青年时，幻想变了。她直起身，挺起胸，以有几分庸俗的自信口吻亲热地与他打招呼。他看不清她那张在阴影里模糊的面孔，但看到她平静而充满莫名欢愉的表情：这是一个不知害怕的女人，她习惯于和任何人说话，就像与所有的过路人做朋友的流浪人一样。

让在那一刻的感受是难以忘怀的，仿佛他初次感受到无比美丽的爱。

当然，他回答时说了些蠢话。姑娘有点窘迫，看了他一刻，接着又干起活来。

让走开去，但激动地一步一回头，仿佛害怕被人尾随。他在一个桤木桩上坐下来，继续盯着她，眼神看上去很傻，其实人类的各种感情在其中交错，但没有任何一种感情能稳定下来占统治地位。

他既惊恐又感动，动弹不了。过了一会儿，她唱起歌来。他简直不相信自己的耳朵。歌声像毒液一样流入他血液里。每一个乐句，无论是婉约的还是高亢的，都使他全身震撼，身体变成了具有痛苦的敏感性的材料。

他像一个刚刚苏醒的孩子，不太清楚发生了

什么事。他的生活的景象在脑中闪过，变得难以理解，但他明显地感到自己开始了一种从未有过的状态。他厌恶地想到自己的贞洁。这贞洁使他瘫痪，他在这种重压下踉踉跄跄。

没有人走过。只有波尔多的火车打破了寂静，后面是成串的烟雾。从车门里喷射出的灯光在暮色中划出一道道的红光。

那姑娘背上一捆灯心草，拿着小柴刀走了，朝塞穆瓦克方向走去。让再次独自留在迪奥尔河边，一直待到天完全黑下来。

第二天傍晚他又来到这个地方，坐在桤木桩上。头天晚上以来他没有吃饭没有睡觉，现在因困倦和饥饿而感到乏力。

但是他的神经像缰绳一样仍然拉住他，不让他完成男人走向女人的曲折行程。

当她再次平静地唱着歌出现在回塞穆瓦克的路上时，他害怕了。也许她不会再来。他突然摆脱了梦想和恐惧，绝望地猛然站了起来。

他跑步赶上她，她认出了他，向他微笑。但

他没有勇气看她的脸，而是用严厉而迟疑的声音宣布她根本无权到他的迪奥尔河草场来割灯心草。他很生气，但真正被他那炽热的声音烧灼的只是他自己。谁要是在大路上看见这两个人影，弯腰背着一捆草的姑娘和张着两臂粗鲁地指手划脚的青年，会认为这是主人和奴隶。就像是奴隶，她后来落到了他手里。

第二天她又来了，一个星期以后她委身于他，就在他们相识的地方，迪奥尔河拐弯处，桤树林边上。

他们的爱情最初很复杂，至少对他而言，夹杂着一种浪漫和不抱幻想的感情。她的家人又去别处了，她没有走，在塞穆瓦克住了下来。她并不怀念从前的流浪生活。她自谋生路，被一个个农庄雇用来洗衣、收获粮食、采摘葡萄。

这件事持续了三年。现在只要有机会，让便任意欺骗他的情妇，特别是和他的女仆偷情。他觉得他为她付的代价太高，但也不是认真想离开她。从许多方面看，他和她在一起感到心安理得。但他原先对爱情的期待太高，所以感到失望。他发胖，也变得愚笨了。

塔内朗家抵达的那天晚上，让惶恐不安。佩克雷斯家从不接待客人，所以从未发生过这等大事。

让要求他们在饭厅里用餐，而不是像他们通常那样在厨房里用餐，那是真正农民的习惯。这添了不少麻烦，但是他母亲对此没有话说。

那天晚上，年轻女仆和平时一样柔弱，因此让严厉地申斥她以致她哭了起来。让穿上只在星期日穿的猎装。

当一切按照他的想法准备齐当时，他等着塔内朗一家从于德朗散步回来。早上他只匆匆地见过他们。他们简单自然的举止令他吃惊，他和他们说话也感到有趣。他们应该在佃户戴德家吃午饭，因此让·佩克雷斯觉得这一天太长了。随着天色渐晚，他莫名其妙地激动起来。

他们依次走了进来，先是那两兄弟，然后是

塔内朗太太和慕。光线使他们目眩，他们脸上的表情一模一样： 疲乏和轻蔑，看上去真是一家人。他们不再像早上那样，那时他们快活地提着箱子，七嘴八舌，朝气蓬勃的，因抵达目的地而高兴。

佩克雷斯家的人很激动。格朗家的人无意交谈，在饭厅里靠墙的椅子上坐了下来。

除了厨房的声音，没有任何声音传进来，厨房大概在下面，在老房子里，靠近牲畜棚。

他们饿了。雅克烦闷和舒适地打着呵欠。

壁炉对面有一个精美的餐具柜，上面的线脚装饰和柜内的瓷器亮闪闪的。洁白无瑕的餐桌闪着梦幻般的白光。空气中飘浮着一种甜甜的但略略发酸的气味，这是洛特省的“皮盖特”酒和潮湿的、沾了硫磺的大酒桶的气味，它令人想起人们的汗水。

过了一小会儿，佩克雷斯大妈大声喊人们吃晚饭。她又走进来向客人们道歉说还没有完全准备好，然后回到厨房。佩克雷斯老爹大概在牲畜棚，他像仆人一样偷偷地躲在一边。让还不敢露面。佩克雷斯家每个人都有同样的想法，但谁也没有告诉别人。至于格朗一家人哩，他们觉得这地方很不错，很暖和，虽然离村庄远一点。他们没有什么确定的想法。

慕走到门口待了一会儿，瞧着夜幕降临。

于德朗和老租佃地位于斜坡的中部，在斜坡顶上，在帕达尔的几个农庄里，昏暗的煤油灯在闪烁。天气温和，时不时地吹来一阵微风。在此以前慕已记不清这里的景色，但现在完全认出来了。她感觉到周围那些层层叠起的土地、田地、农场和村庄，还有迪奥尔河，它们仿佛是和谐的永恒秩序的一部分，人在这个世界的角落里只是匆匆过客，而这秩序长存。人们在这个永恒中不断来去，心灵感受到永恒，它像一条路在慢慢地展开、温暖而敏感，路上留着最后过客的仍然微温的脚印，也因未来的脚步和身体行走的声音而更显得寂静。

大路切断了深暗的斜坡。它呈乳白色，一动

不动地穿越这个地段，完全心不在焉，就像一位来自远方，只想到达目的地的信使。

现在几乎什么也看不见了，但人们清楚知道事物在黑夜里继续它们的生命，一种如今平静下来，减弱下来的生命；在黑夜里，事物的生命也许比在白天里更强大，大概是因为白日不再使它们失散在光线里。在慕看来，悬挂在山坡顶上的帕达尔村和山坡下贴着低声吟唱的、清新的迪奥尔河的塞穆瓦克村就是这样。

叫声、嘈杂声、犬吠声、年轻人相互呼叫的声音分别传了过来，显得亲切，像海浪声一般十分悦耳。

农民们早早吃晚饭。吃饭时多半由于疲乏和平静而默不作声。很快他们就上床睡觉，这是因为劳累了一天，还因为他们的生活在不知不觉中日益陷入更深更沉的疲乏之中。而日间所有的疲劳在暮色中仿佛留下了芳香，土地的疲劳、永存的石头的疲劳、牲畜的疲劳，还有愉快又动人的人的疲劳。

让·佩克雷斯想到慕在饭厅门前，便过去找她，默默地靠在门的另一侧。此时慕勉强认出他来，他穿着紧身的猎装，身材高大而稍胖，就像中年男人。她想到他在这所房子里的生活，这片田野属于他，他在这里过得很安逸，不需算账。他使她不快，因为她一直感到他高度紧张，担心他会给人什么印象，痛苦地迫使自己掩饰真面目。

让很担心，想道："她在我这里，从门口看到远处，至少看到我在于德朗和迪奥尔河边一半的土地，她会有什么感觉？"姑娘的沉默使他自责。在她身旁他已经沉重地感到无比空虚。他随意有过的情妇一直认为他的多愁善感使人难受，不过她们不在乎，因为她们是乡下人，通情达理；她们随他尽兴地说，甚至尽兴地给她们写。

佩克雷斯老爹从牲畜棚出来，松开他的猎狗，它们像箭一般窜进了黑夜，高兴得要命，叫了很久，像孩子一样兴奋。他们听着狗在莫名其妙地、乱七八糟地来回跑，但看不见它们。塔内朗太太、雅克、亨利和佩克雷斯大妈也在饭前来到门口。塔内朗太太想和佩克雷斯大妈说几句话，以表示友好：

“这天气很舒服，比巴黎强。空气多清新！”

佩克雷斯太太十分高兴，也说了类似的话。然后再没有人吭声。佩克雷斯老爹和狗说话，让它们待在房子附近。

慕听见雅克在她身后神经质地打呵欠。雅克！她突然冷漠地想起了他，仿佛他早已去世或消失。这是长久以来的第一次：他周围不再是他们那套公寓的熟悉环境。他好像在几天里停止了生活。他失去了一切特点，没有活力，轻飘飘的，像一位演出结束后的演员。

度假的计划使雅克感到厌烦。人们从于德朗坐船顺流而下到达米哈斯姆磨坊，在这个猎物和姑娘都同样稀少的地方此外还能做什么呢？十年以来，他没有停止过虚幻的生活，每天都出现通往乐趣的新途径。而这里一切都在躲避。寂静使他害怕。他知道母亲为他作的计划。现在他后悔当时被迫作的决定，但对自己说它毕竟没有任何约束力。

烦闷像雾气一样罩着雅克的生活，现实在雾气中变得模糊不清，令他难以把握。他很聪明，但从未有过智力上的快乐。他的思想十分懒惰，从未超越眼前的挂虑。思想将他带到乐趣前，然后丢弃他，就像是一位完成任务的拉皮条的女人。在一年的时间里，他给自己定的生活目标是：关于妻子托付给他的钱，要向她隐瞒使用的实情。他肯定埋怨她不自觉地成为他烦恼的根源，这加速了他爱情的死亡，现在也在破坏他的回忆。

说实在的，这个回忆是以塔瓦雷斯银行的到期票据形式不断出现的，他必须付钱。可能他并不怎么爱死去的妻子，不会长久地感到痛苦。她的去世令他失望，因为他不可能再期望什么东西。他感到被遗弃，他只剩下空寂的心和塔瓦雷斯银行的付款单。

佩克雷斯老爹吹口哨唤狗，它们不情愿地回到屋子里。塔内朗一家和主人们坐下吃饭，钟点比平时稍晚。美食使餐桌上的气氛稍稍活跃些，但佩克雷斯一家仍然隐隐地不安，在客人们面前感到窘迫。

佩克雷斯大妈是个古怪的女人。帕达尔村的人认为她有头脑，尊敬她。她朋友不多，但很在乎舆论。她知道人们因为她的儿子而批评她，她知道帕达尔村民的闲言闲语是出于嫉妒，但她内心仍然不安和苦恼。

自从塔内朗一家来到这里，她的心事就更重了。如果说她过早地萌生了结亲的念头，那么儿子对慕·格朗的感情更印证了这个想法。她从未将婚事与最终获得于德朗连在一起。但现在，这种可能性在她脑中出现了，明明白白地，以致她认为早已预见到了。

如果说格朗家只是抱负不大的资产者，那么他们的土地于德朗却赋予他们一种贵族身份。正因为这个地产处于遗弃状态，佩克雷斯大妈才如此强烈地想弄到手。她为这个行动的远景而无比陶醉，耗尽了未得到满足的热情。她想行动，将儿子让拖进这次冒险。与你热爱的人团结一致地行动，有什么事比这更美妙呢？永远无人知道佩克雷斯大妈的这个期望会走多远，无人知道它使大妈预感到多大的乐趣。

然而她善于抑制这个从未使自己失去理智的想象。她的热情自然而然地采取审慎的形式，巧妙地表现出来。

惟一的失误在于她将慕·格朗所拥有的土地的价值与魅力转移到这位姑娘身上。她并没有细细盘算，但朝夕之间，这姑娘似乎就值得她垂涎三尺。

这姑娘在帕达尔人眼中并不美如天仙，但她的血统不是与佩克雷斯大妈的血统不同吗？她走下“水果小径”时，身体笔挺，慢慢悠悠，不慌不忙，好像没有任何人、任何事，在任何地方等着她。除了享受生活以外，她不受制于任何义务。而佩克雷斯大妈整天忙碌，有一分钟空闲就不知如何是好，她认为这就是基本差异的真正标志。认为慕属于高于自己的一类人，这个想法使佩克雷斯大妈更为谦逊，更强烈地盼望儿子娶这位姑娘。

不久，整个帕达尔村在作必然的猜测：格朗家的姑娘从早到晚无所事事，肯定在寻找一个丈夫。而且他必须是能重新开发这片荒地的、能干的帕达尔人，何况格朗-塔内朗家的两个儿子，一个年龄太小，另一个无能……

塔内朗太太预感到这些盘算或者说期望。她不愿意惹佩克雷斯大妈或村镇的农民不高兴。当她偶然与女儿单独相处时，她绝口不提这事。但她和雅克说起过，凡关系到家庭的事，她都这样做。

“那你想把她嫁给谁？”他回答说，“我会很慷慨，我会走开。我不会谈土地的事，它没有带给我们一分钱，而且一年一年地贬值；佩克雷斯会给我点什么……”

也许他以为这种办法能解决他的麻烦。但他那位平时很软弱、很顺从的母亲却很固执。她说宁可让慕成为老姑娘也不把她嫁到佩克雷斯家。她来这里以后，动不动就生气。她必须保护女儿，但如此热情地依恋对她毫无感情的女儿，这事连她本人也感到吃惊。与儿子们的懦弱相反，她这种廉耻之心使她振作起来，特别是最近以来她发现亨利也在变坏。所以，面对她发现的危险，她觉得慕如此单纯无助，她必须付出全部必要的精力来拯救她。

很快，谣言四起。人们变得大胆了，因为格朗一家没有离开佩克雷斯的房子，搬回自己的家，一来是由于轻率，二来是他们在这里住得很舒服。不搬家是为了最终肯定普遍流传的谣言吗？佩克雷斯大妈建议格朗家在于德朗举办晚餐，邀请全体帕达尔人。

其实，她担心自己的打算是否疯狂。

“如果真是疯狂，”她想道，“那天晚上我从他们的举止就能看出来……”

她与帕达尔人很少接触，认为他们的姑娘太寒碜，配不上她的继承人，但她现在要抓住帕达尔人，因为她觉得自己的想法并不仅仅是受骗女人的想象。她的梦想使她害怕，何况它可能实现，何况她看见让在慕旁边，在院子里或餐桌上。她珍惜这个梦想并为之惊叹，就像一位尚未进入现实生活的少女。“事情不可能自然发生，”她一再对自己说，“必须行动。”

但是似乎没有发生任何有决定性的事，连实现梦想的端倪也没有见到。于是她寄希望于这次晚餐，天真地……

虽然正值五月，底层的房间两天前就全部生了火，稍稍去了难闻的霉味。只有一间房是勉强可以住人的，里面有一张奇大无比、无法搬动的、带天盖的床。大床旁边有另一张床，儿童床，它没有用处所以被搁置一边，幼年的慕和亨利先后在那里睡过。这间房位于花园尽头的椴树小径末端。墙外有一个老旧的暖房，自古以来它就是废弃的，打短工的人穿过这地区时常常在那里过夜。

慕决定在于德朗过夜。戴德大妈为她收拾房间。

塔内朗太太认为慕的主意有几分荒唐，但未提出异议。

她随女儿去，表现出不同凡响的宽容大度。

人们决定由佩克雷斯家的儿子当天晚上送慕去于德朗。他一下子变得关怀备至，拿着一盏风雨灯，领她走上那条窄窄的小路，她借着风雨灯投射的光柱，走在他前面。她很想谢谢他，但找不到话说。

他们快到的时候，让·佩克雷斯很费劲地问道：

“我母亲什么也没有跟您说吗，慕·格朗？”

慕对身边的阴谋一无所知。她转回头，看到他眼里闪着不安。

“没有，什么也没有说！我不知道她会有什么话对我说。再见吧。您别往前走了。我认识这条小路，从篱笆起，这里就是丁德朗。我小时候，从来没有走得更远。还是谢谢您……”

她走开了。他傻傻地待了一会儿，然后跑回去。他母亲大概一直盯着那盏风雨灯的亮光，此刻猛烈地关上木窗，砰的声音一直传到慕那里。佩克雷斯太太对他们的散步大概寄予了很大的期望。她这是第一次失望，烦躁使她久久不能入睡……

至于慕，她一进了花园就放心了。她在小径上往下走了一会儿，然后又缓缓地往上走。谁都会被这种深沉而神秘的寂静吓跑，但慕却在其中高兴异常。在她周围，矗立着巨大的黄杨树，冷杉也无比高大，树梢在轻轻地呜咽，但没有散发任何悲戚。

有一刻，慕感到心脏在奇异地跳动，仿佛它跑出了胸膛。她倾听，听到有另一个远处的声音与自己的心跳掺合在一起，那声音时而可以听到，时而随风消失在黑夜里。她手放在胸口，屏住呼吸。声音很快隐没在低凹的道路上，绕过这侧花园所形成的高高的深色峭壁。

"是一匹马……"她心里想，"我不知道这里有谁养马。于德朗的农民不会骑马……"

骑手来到她附近时，她不再动弹，仿佛本能地感到自己的在场会使这位陌生人不安。她对他一无所知，但认定他很勇敢，因为他在这条被密集的树丛罩住的、漆黑小路上的步伐和刚才在高处一样。有一刻，慕仿佛被拴在他走向村子的脚步上。到了大路上，步伐就更清晰。接着再没有任何声音打扰寂静，寂静中仿佛有着他留下的难以磨灭的声痕。

慕回到屋里。她走进卧室，让朝向花园的大门开着，明亮的月光照遍了花园。刚才暴露了有陌生人在走动的微风，此刻使她久久无法入睡。当微风仿佛精疲力竭，在大树中间消失，慕才昏昏睡去，但她又猛然醒来，吹来的清新微风夹带着各种芳香，使窗帘轻轻抖动。它扫过了山谷谷底，因此使苦涩的藻类和腐叶发出香气。

于德朗的大饭厅敞着门。日工和佃户们在厨房里用餐，由他们的妻子和女儿们侍候，她们间或有一分钟歇息能吃点东西。端上菜肴时，她们嘴里塞着食物，前额上是湿漉漉的汗，面色通红，因这非同寻常的日子的劳累而快乐。

在饭厅里，长条餐桌的两侧端庄地坐着当地的显贵和农民。农民是帕达尔的主人，大多生于斯，死于斯。在他们眼中，佃户的身份比他们低下，有点像是土地冒险家。因此他们很看重别人尊敬他们身份的永恒性和稳定性，举止之间充满高傲，虽然在漂亮衣着下显得笨拙。他们总共有三十多人，结队而来。阳光使他们眯起眼，嘲讽的眼神表示他们在这次宴请中首先看到的是意外的美餐。呵！是的，他们可想不到这个主意！在帕达尔的葡萄收获季节，上这家或那家吃饭总是有来有往，而且经常是作为劳动的回报，从不像这样无缘无故地请客，当然，为了高兴……

开始吃饭时，他们很不自在。如果有几个人比其他人大胆试着开玩笑的话，那就算替他们代劳了。他们使劲吸汤的声音几乎填不满寂静，寂静还会持续。

慕全神贯注地看这个场面，又清楚地回想起过去，它和他们的面孔一样经久不变，其中大多数人还是原来的模样。虽然让·佩克雷斯被安排在她旁边并努力吸引她的注意力，但她始终心不在焉。

餐桌的两端各有两盏大油灯照着主持宴会的人。塔内朗太太和帕达尔的药剂师聊天，这是个胖人，他那双手放在农民的红棕色手旁边显得苍白。在另一处，出于对身份的考虑，安排了帕达尔的小学教师。他左边坐着以前的学生亨利·塔内朗，亨利像往日一样，在老师面前显得很温雅，假装的或天真的温雅。

不久以后，既然谁也不敢向众人说话，每个人就和邻座聊了起来。在越来越大的喃喃声中可以听出用沉浊的多尔多涅方言进行的私下交谈。

坐在慕右手的佩克雷斯大妈神经紧张，坐立不安，不时地低声向儿子说几句话，儿子立刻就拘谨而有礼貌地和慕说话，但他那带鼻音的声音被别人的声音盖过，不能引起慕的注意力。

喧闹声越来越大。每个人都扯着嗓子，音域到了最高点，变得震耳欲聋，十分单调，但是慕并没有被吵昏了头，而是像头天晚上在万籁俱寂的花园里一样。

他们都围着桌子，都一样的吝啬、操劳和野蛮，连这些人中身材最魁梧的、最好吹牛的大佩勒格兰和矮小的佃户戴德也不例外。但他们知道如何以影射和故事来取乐。他们通常是少言少语（仿佛在星期当中说话就是犯罪），但于德朗的葡萄酒带来了奇迹，让他们开了口。这是一种甜味不大的白葡萄酒，有高原矿物的味道。据说戴德贮存了十年，等待格朗一家人回来。由于时间长，这酒后劲不小，发甜。农民们虽然粗鲁，品尝酒时却很细致。每喝下一大口，他们就呷呷，说他们能在各种酒中辨别出来。他们将它与这酒或那酒做比较，向戴德提出建议：

“你要注意，贮存不能超过五年。它很娇气，过了五年就变味……”

这个话题一开始就引来一场舌战，每个人都自认比别人权威，都投入细节的辩论，而这些细节对外行人来说毫无意义。

一小时以后，这番喧闹似乎停止了，因为开始缺乏谈话的主题。

“现在他们要谈论于德朗了。”慕心里想。他们会重述她已烂熟于心的故事，每个故事都会将场景串起来，他们像惯常一样越来越感到高兴和舒坦，场景便一个接着一个。

“你还记得吗，慕？慕，我在跟你说话哩！你还记得那次你吓得魂不附体吗，十年以前……”

她吓了一跳。

出了什么事？大家都看着她。右边的佩克雷斯大妈和让·佩克雷斯很高兴将全体客人的目光吸引到了她身上。所有的人都不说话，为严重失礼而突然觉得难为情，因为今晚他们忘了将谈话集中到格朗小姐身上。塔内朗太太也因女儿惊愕的眼神感到不快。至于她的兄弟，他们微微耸耸肩，只有她能猜到含意。这个动作在说："大傻瓜！我的想法可是为了我们这个家！"

她终于回答了，每句话里都含着挑战：

"哦，我记得。但有很多事你们不知道。那一天我赶着母牛从迪奥尔河牧场回来，火车从畜群中间穿过。'棕毛'的一只角上被撞了一个红色的大洞，它一边拉屎一边叫。我吓得牙齿格格响。你们说我很勇敢。但这次意外以后的那一夜我一直哭到天亮，因为那头牛将被宰杀。这是你当晚对我说的，亚历克西。你当时喝醉了，但我还是相信你。"

留着薄薄的小胡子、爱吹牛的亚历克西，听见提到自己的名字高兴得满脸通红，但人们想到他醉酒的事便嘲笑他。慕毫不宽容，多次提到他，以此为乐。她为什么这样穷追不舍呢？

她坚持往下说：

“圣诞节晚上，你还记得吗，亚历克西？在保兰树林里？你躺在泥地上，抱着长枪，仿佛那枪可以保护你不跌入深渊似的。我们用脚踢踢你，你就像疯子一样喊叫起来。你是冻成那样的吧，嗯，亚历克西？”

“是的，格朗小姐。”他说，眼光在哀求她。

其他人现在本能地站在亚历克西一边。他们都觉得受到这姑娘的奚落。她此前默默无语，突然间却咄咄逼人。她的话使他们既狼狈又窘迫。这时，慕改变了刚才无益的语气，只说些使谈话活跃的话，颂扬这人，赞同那人，对方立刻注意听。她已经知道自己的笑容、自己专注的目光的分量，于是他们立刻感谢她对他们的好意。

欢快在不知不觉间消散，就像出现时一样。每个人都把椅子从饭桌旁挪开。半明半灭的火在低声响，为了避免灾祸，戴德家的姑娘用拨火棒完全把火扑灭……

慕穿的是印花布衣裙，它在灯下显得有几分褪色，而农妇们却仍然穿着厚厚的毛衣。姑娘在想，当火炉熄灭以后，其他房间的冷气会渐渐侵入这间大饭厅。客人们虽然喝了许多酒，很快就会逐渐走掉的。因此她往壁炉里扔了最后一把枝蔓，火又猛然地呼呼响，吞食着干枯的细枝。

突然间，她侧耳听。表面上，花园和于德朗农庄全都寂静无声，但她知道，比所有的人都先知道：寂静刚被打破了。头天晚上听见的马蹄声此时清晰地传来，而且来自同样的方向。不久，声音变得十分清楚，大家都不再说话，注意听。

"这是乔治·迪里厄。"让·佩克雷斯表态说，"我能想象当他看到窗户亮着灯时会多惊奇。这的确是多年来第一次。"

"他这是去哪里？"慕问道。

"谁知道呢？这得看他当时的女人住在哪里

了。就眼前来说，他是去塞穆瓦克。”

“啊，为了这个。”佩克雷斯大妈摇晃着头说。

儿子也立刻意味深长地摇着头。

塔内朗太太打听乔治·迪里厄的详情。

“波尔多人。他在塞穆瓦克附近买了一份产业，来这里度假。您知道，就是从大路上看不见的那座房子。有一条宽宽的柏树小径通向那里。他想在这地区置点东西，因为他父亲在这里待过很久，他甚至还想买回于德朗。”

“嘿，迪里厄先生！”

神父打开了窗子，大家惊奇地看到骑手已经挽着马的缰绳进了院子。

“我还认为在做梦哩，”他大声说，“刚一上路，我就看到于德朗亮着灯。”

他拴好了马匹，走进饭厅。这是一位身材高大的青年，深褐色头发，在慕看来，并不特别英俊。他那随随便便的衣着更突出了他天生的优雅气质，悠然自得的神情立即受到赞叹，他的举止像动物一般灵巧。他看上去有几分迷惑，脸上交替地流露出漠然与孩童般好奇的表情。他全神贯注地看着人，和气地与他们交谈，但不能倾听很久，片刻以后就似乎忘记了他们。从第一眼起，他就记住了在场的所有人，毫无困难地认出此地的产业主，虽然他并不认识帕达尔的全体居民。他那稍带蔑视的谦恭使人们重新感到自己的地位。塔内朗太太对这种魅力十分敏感，从他一进门起，她就露出女性所特有的微笑，她仿佛也年轻了。乔治·迪里厄的到来使聚会在慕眼中具有了无法忍受的明确含意。

“这就是这里人常常谈起的姑娘，她要留在于德朗，”陌生人肯定会这么想，“不久以后一天晚上，这个粗人会把她带回家。她母亲塔内朗太太宁可逃走。他们大概真缺钱……”

她抬起眼睛。浅灰色的眼睛。目光立即与那青年的目光相遇，他的眼睛也同样是浅灰色，但由于冷漠和训练有素的毅力而眼神严厉。他一边说话，一边不停地盯着她。当他发觉有人在注意他，便转过脸去稍稍待几分钟，然后又几乎立刻转过来。

但是乔治一直不停地说话：

“每天我都沿着您的地产走，夫人（他强调这个词仿佛在嘲笑她），所以我对它很熟悉。您的葡萄园，靠佩勒格兰家那边的，特别是那两个山坡上的大葡萄园，可惜如今值不了几个钱。不必用烟熏了，只有拔掉。”

“我可认为，”大佩勒格兰争辩说，“只要嫁接……”

很快，帕达尔人都来救援。佩克雷斯一家在角落里低声抱怨，他们也想起点作用。乔治·迪里厄的话并不直接损害他们的利益，但他们感到对于德朗价值的共同信仰正在动摇。

“不，相信我，”青年继续说，“除非将整个山坡烧掉，再重新种……但这有什么用呢，夫人？您从来不来。您买下它时，它已经残破得不像样了。几十年来就如此。只能让于德朗保持现状。谁想改变点什么会倒霉的。曾经拥有您这地产的破产地主在这地区可不少见。只有你们这些帕达尔的农民才对这片荒地抱有希望……”

格朗太太仍然毫无理由地恬静地微笑……

“您明白，”他最后说，“这里的土壤很贫瘠，必须投进一大笔钱才能追回失去的时间。再说，人们可以很好地生活在于德朗，但以某种方式，只向它索取它能给出的东西：少量的木材、水果、草料。”

看来他是想给垂涎于德朗的帕达尔人泼冷水。他在撒谎吗？他轻描淡写的语气能骗过最精明的人，但与他那出奇的尖锐的目光不相协调。当他隐约感到他们嘶哑的声音流露出失望时，他就换了一个话题。今天他几乎赢了一局。明天，当然，当他们在朝阳下再次穿过雾蒙蒙的于德朗时，他们又会萌生拥有于德朗的欲望。乔治很清楚这一点，但是他今晚让这些垂涎者们泄泄气就可以了。

让·佩克雷斯不大把乔治·迪里厄的话放在心上。他认为自己爱慕，实际上，在慕眼中，他和乔治·迪里厄一样是陌生人，而乔治似乎已与她亲近了。慕热情而专注地听乔治讲。摇曳不定的火光照出了她那稍嫌瘦削的两肩下的阴影，她的脸上有一种佩克雷斯朦胧感到难以抓住的美。这个发现扼杀了他的欲望，还使他绝望至极。无意识之中，他埋怨母亲如此庸俗地捍卫她所谓的利益。自这晚起，他就预先知道自己输了，但若让慕有所觉察会很危险。也许她并不残忍，但当他试图谈到自己时，她便两眼无神，仿佛迟钝得无以复加。他觉得自己无法再忍受迪里厄的在场，便站了起来。

他走了出去。母亲也机械地跟了出去，心中也很难过，一种隐约的不安。随后，所有的帕达尔人都走了，似乎是在抗议，其实他们只是累了，就像在拖长的晚会后常见的那样。

在这次晚宴后的两个星期里，乔治·迪里厄几乎每天都出现在于德朗。这些表面上平凡的日子对慕来说却充满了艰难的等待。

塔内朗太太往往在下午去于德朗，为的是清点她早先离开时留下的东西，好把它们带回巴黎。这个在城里总是忙这忙那的女人，这次说自己“神经放松了”，因此，一想到稍有点事要做她就感到厌烦，她在大部分时间里躺靠在花园与菜园之间那片平坦空地上的大安乐椅里。在那里，在经过棚架筛滤的温和空气里，她有时会睡着。

这天下午，慕在等待乔治·迪里厄。不久以后，她发现了一件事，但毫不惊奇：雅克感到烦闷，也在等待那位年轻人。

尽管姓格朗和姓塔内朗的人各不相同，尽管他们的感情形式各异，他们都具有同样的性格倾向，彼此相似：其中一人的朋友——除非他不愿当朋友（在这种情况下，人们很快就不高兴听他讲话和他说话）——一进格朗家不需多久就成为全家人的密友。每当家庭成员中这位或那位带来一位客人，一种有感染力的热情便产生了，每个人都以自己的方式喜爱这位来客，并努力独占他。但新来者不久就发现格朗家内部存在着无法调和的对立，他必须作出选择。如果他为这方或那方说话，他会经历罕见的时刻：在极不公平、极为有趣的形势中做裁判，这个幻想使他热血澎湃，在一段时间里充满了英雄激情，但不久他就发现谁也没有和解的真诚愿望。他认为一切都解决了却空欢喜一场，而且弄不明白是怎么回事。于是他必须重新努力去适应这种争执与撕打的永恒运动的单调节奏。他常常感到厌倦。因此格朗兄妹没有真正的朋友，最终永远孤独。

迪里厄不知道在于德朗有人这样盼望他。表面上他对慕没有兴趣，但他常常在庄园里停下来。

慕坐在一个容易爬上去的冷杉树枝上，树枝削成了长椅的形状。她正心不在焉地看书。雅克只穿着衬衣，在花园尽头整理俯瞰大路的花坛（他决定留在于德朗。在这个出人意料的决定中，与迪里厄的友谊大概起了很大作用）。塔内朗太太很高兴儿子有事做，哪怕是简单的事，便宽容地作出结论说："他毕竟一直热爱土地。"

自从他们来到于德朗，除了和佩克雷斯大妈有几次小小的纠葛以外，慕觉得她家人的情况比原先想象的要好。

雅克只有在佩克雷斯家早餐时才显得不安，那是邮递员经过的时刻。他离开巴黎时，曾经让门房把塔瓦雷斯银行的信件退回去，怕人发现了他们，再与他纠缠。但是，自然的，两周以后，来了一大批信，是附有执达员费用通知的警告信。塔内朗太太给了儿子一大笔钱。从那以后，再没有消息，这本该使雅克不安的，但他认为银行已经忘记了他。这段平静使他很满意，他的状态也更好，对所有人都表现出在巴黎时少有的和气。

他埋头刨土，亨利在迪奥尔河边和同伴们钓鱼。时不时地听见他高兴地叫，宣布某人钓到了什么。雅克只是在回答他时才停下来。塔内朗太太害怕显出昏昏欲睡的样子，于是大声喊叫，虽然声音中充满了倦意：

“别待在阴影里！那里凉，对身体不好。你听见了吗，慕？……”

两趟去波尔多的火车经过这里，这是每天的大事。第一趟火车过去以后，乔治就来了，两星期以来，他从没有在第二趟车过去后才来。时间在两趟车之间流逝，长得没有边。他们在等乔治。在干燥的空气中，声音一直传到花园，并在树林和山谷中引起连续回响。在冷杉的潮湿阴影下的人认为这是夏日的魔法。

有时一趟慢车残酷地挫伤了慕的期待，使她

害怕地想到乔治很可能不来。

在第二趟火车经过以前，让·佩克雷斯气喘吁吁地出现了，他从迪奥尔河边一直来到慕所在的冷杉树下。

作为能干的农民，他认为格朗-塔内朗这家人不实在、浅薄，但他努力照他们的方式生活以求得到慕的信任。自从来了邻居以后，他在地里干活就不那么拼命了，可怜巴巴地跟在亨利后面，亨利纠集了一批比让年轻得多的伙伴。

“您来吧，我们都去磨坊，然后坐特里的汽车兜风，快来吧。”

“是亨利派你来的？”慕怀疑地问。

“不，他不愿意。我小声说话是因为雅克……他一来，一切就完了。来吧，快点……我求求您……”

有时他性急地扯她的脚踝，这时亨利在谷底召集他那一帮人，不安地呼叫那个年轻人。

“我可没有兴趣！别管我，不然你会后悔的。”

她粗暴地让他走开。有一次她突然气恼地大笑起来，以致雅克威胁说要过来管管。让从小就认识慕，对待她像幼年时一样，就因为这个，他能更轻易地接近她。她将他推来推去，既粗鲁又亲切，他没有办法生气，相反，他一天一天地对她更殷勤也更粗鲁。

乔治随兴所致地或步行或骑马来。他一走上小路雅克就叫他：

“您来坐会儿？我这就完，我们可以一起下山。”

在和朋友一同去塞穆瓦克以前，乔治爬上阶梯，推开小栅栏门，来到冷杉树下。到了那里，他两手插在口袋里，抬起了头，但从不停下来。

接着他沿花园往上，来到空地。他吹口哨或轻咳几声，好让塔内朗太太在他到达以前醒过来，免得难为情地让他看到自己打瞌睡。

等待了几个小时的慕用十分坚强的毅力迫使自己保持镇静，以致感受不到应有的快乐。她从长椅上跳了起来，慢慢朝空地走去。一种内心的追求促使她每天去徒劳无益地接近乔治。

“您想出了这个，迪里厄先生？”她仍然站在冷杉的阴影里，“乡村里可做的事可多着哩！”

雅克耸耸肩，无意中排除了可能对乔治产生的怀疑。

“她喜欢这个派头。她多愁善感，想引人注意。”

慕稍稍眨了眨眼皮，改变了木然的表情。她在沿着厨房墙壁的长椅上坐了下来，离那几个人稍远。塔内朗太太留住了乔治·迪里厄，让他在安乐椅上坐下，她现在每次都端出这把椅子。

显然他在避免和这位年轻姑娘说话，而她也明白其实他想和她说话。他迟疑着不敢看她，仿佛这是正式禁止的事，而每当他的目光与慕的目光相遇时，他就转过眼睛去，不知所措。为了掩饰窘态，他拿着从树上掉下的第一批发青的樱桃把玩，将它们排成两个一堆，三个一堆，进行仔细的观察，但那神气仿佛是视而不见。然后他用指甲将它们一一撕碎。他那发亮的黑发分成粗粗的一绺绺，就像是被风吹倒的沉重的草，风又将它吹成一片片，因此很久以后它仍保留着风暴的凝固痕迹。虽然他穿着小小的短袖衬衫，但根据他手臂的颜色和瘦削狭长的形状，根据他皮下肌腱突出、多筋的踝骨，不难猜到他的整个身体很长。

他动作灵巧，可以猜到他很年轻，但时时准备沉溺于懒惰与享乐。他那轻松自如的态度和健康的身体吸引人们，使人们留在他身边。在他那流露出孩童般温柔的面孔上，他的眼睛很精神，对塔内朗太太讲述的一切都感到好奇。如果他聪明，他应该屈尊开口说话，好让别人对他作出判断。他从来不特意取悦人，但自然而然地做到了，因此人们在他身边努力寻求他的友谊。

他喜欢在迪奥尔河里游泳，特别是喜欢打猎，还喜欢去塞穆瓦克尽兴地玩个通宵。

“今天早上，我在您的树林那边打伤了一只野兔。”他说，“是戴德的狗咬住它的。对了，我看见了那姑娘，她告诉我一件我不知道的事：

您打算在于德朗住下来？”

他朝雅克转过身去。雅克急于和他走，在长椅上时时抬起身子。

“这是我母亲的想法，亲爱的。我听从安排。”

他大笑，内心却对人们对他的惊讶感到不快。他那刻薄的音调表明，如果有人对他的明理抱有希望的话，那就错了，大错特错。但是乔治那简单自然的声调消除了他的怀疑。他用世俗的口吻接着说：

“租佃屋挺怪的，房间与房间之间都是台阶，比这里有趣，所以我会住在那里。这样一来我们两人就更近了。”

“是的，那里好得多，何况等我们走了以后还有戴德家照顾他。”塔内朗太太赞成地说，“您听说过租佃屋吧，迪里厄先生？”

“听说它很古老，比帕达尔所有的房屋加起来的年代还久远。它盖好以后归属于德朗。关于这个，我父亲可以告诉您许多事。再说……”

雅克站了起来：

“您去塞穆瓦克吗，迪里厄？”

雅克没有乔治高大，但他的俊美更为和谐，四肢与身体匀称，虽然缺少好几个夏季的漂亮棕色。

慕心里想：在塞穆瓦克，肯定有一批奉承者围绕在他们周围。现在他们两人每天都去那里。虽然雅克用不在乎的口气向乔治提议去那里走走，但可以感觉得到什么也不能阻止他去……

雅克和乔治之间存在着某种相似，慕从一些细节中，从这种心照不宣中能猜得到。

“您去塞穆瓦克吗？”

对方一面和塔内朗太太说话，一面从椅子上站了起来：

“如果您决心花点钱收拾您的租佃屋的话，我希望不会是因为流传的迷信吧。无论如何，我很高兴。每年我在这里待到十月份，有时在圣诞节还回来打猎。”

塔内朗太太终于站了起来，用手背抚平衣裙

上的皱褶。

慕见到乔治时并不感到快活，因为他始终很冷漠。她默默地与他对抗，使出全部毅力，决心不惜一切代价来报复她甚至不知为何受到的拒绝。她谦逊地专心这样做。将乔治挽留一小会儿，延长对他的折磨，这会使他在不知不觉间更依恋她。

因此她作出最后的努力让谈话继续下去：

“您不会相信农民中流传的迷信吧？”

每个人都转过身来。塔内朗太太在微笑。乔治用挖苦的口吻回答说：

“当然不，为什么？您相信吗，您？这里的人说您胆子大。”

雅克抓住乔治的手臂：

“这是因为她独自在这里过夜，还不是为了引人注意。吓人的故事越多，她就越了不起。您明白？”

乔治看着地下，神气似乎是回忆起了某件事，他突然大笑起来：

“这使我想起了一个可笑的故事，哪天我给你们讲讲……”

慕最后一次试图勾起两个年轻人的兴趣：

“可是谁跟你们说，谁跟你们说我胆子大？”

“别管她了，迪里厄先生。她又神经质又腼腆……”

这两个女人将来客一直送到栅栏门。

第二趟火车在拉汽笛。特里的汽车在门外驶过，飞快地驶向塞穆瓦克。人们正感到惊异，不知“这些疯子是谁”时，慕说出这是些什么人。雅克本想骂一句，但由于和乔治还不十分熟悉，便咽了下去，只是说“这辆车原本可以停下来捎上他们的，既然知道他们去塞穆瓦克”。

他们走了。塔内朗太太关上大门时，慕躺在一大丛野玫瑰旁的草地上，突然感到精疲力竭，厌倦了漫长的等待。

下午快结束了。从山谷里没有传来任何声音，但偶尔可以听见戴德姑娘的尖声叫唤。她正赶着母牛去迪奥尔河草场的水塘里饮水，因为高原上的水塘都干涸了。

鸟儿正在栖息，花园里充满了它们因疲乏而显得柔软的啾啾声。塔内朗太太又出现了：

“慕，你是说你弟弟和特里一起走了？我怕会出事故。你知道他们为什么都去塞穆瓦克吗？”

慕不知道。塔内朗太太再次推迟离去的时间，沿着花园四周短而宽的小径走了一圈。

傍晚，在于德朗，稍有一点声音就引起塔内朗太太注意，不论是大路上的脚步声还是迪奥尔河上桨声的回响。

“这是什么？你听，慕……”

细听之下，一切都有嘈杂的声音，特别是那座空屋。

不久，玫瑰变成了紫色，花丛周围出现了一种血红色。

“真怪，一到天黑，我怎么也不能再待在这里。”母亲说，“说真的，你真勇敢，慕！”

呵！这样说又有什么关系呢，既然乔治现在

不在这里……

慕有种感觉：乔治之所以与她哥哥如此融洽，那是因为他们在天性的某个方面相似。同样的懒惰本性和对乐趣的追求使他们相互靠近。

塔内朗太太终于来到山坡上的花丛旁，来到女儿身边。

“你是怎么了？不舒服？我们走吧。我不能说喜欢回到佩克雷斯家，我们当初不该在那里住下来。可是话说回来，现在离开他们家为时太晚，回到这里来也为时太早。你的兄弟们在乡间过得很好。”

她要女儿分享她所作的牺牲，这样向她表示她的感情。

自从家庭生活不再占据她许多时间以来，她因被子女们如此抛在一旁而感到苦恼……

一天傍晚，靠菜园的大门上重重的敲门声将她们吓了一跳。敲门声不久就变得十分粗暴，她们很害怕，但没有吭声而是走下山坡去开栅栏门。这时佩克雷斯太太那个熟悉的、虚情假意的声音使她们不再惊恐了：

“我以为你们在租佃屋。我来找你们，好回家时聊聊天。”

几秒钟之内塔内朗太太就恢复了镇静，她转身看着女儿，用惯有的威严口吻命令说：

“你从大路回去，千万别害怕。”

于德朗令人郁闷，浓浓的、令人难受的郁闷。为了早去巴尔克旅馆，雅克·格朗愿意在半路上，即在村子与那所房子之间与乔治·迪里厄会合。因此乔治去于德朗的次数就越来越少。最后一次是在两星期以前，那时他好像对慕感兴趣。

“每年夏天我都组织一次钓螯虾的活动。我希望你们三人都来，我会给你们打招呼的。”他说。

他那彬彬有礼的语气表明他对塔内朗一家人很客气，他只是简单地表示了客套。从此，他再没有在这里露面。他走帕达尔的“弯路”去到塞穆瓦克的大道，因此避免了那条穿过于德朗庄园的近路。显然他在躲闪，而且如此彻底，似乎难以想象他有一天会再出现。塔内朗太太很想念他，不安地说：

“怎么再也看不见迪里厄了？他还是总去巴尔克旅馆吗？”

接着，她注意到雅克现在不等朋友来就动身去塞穆瓦克，便激烈地责备他：

“你妹妹和我，我们在这里要闷死的。你总是这样，把我们最后的同伴都夺走了。我要是看见迪里厄会告诉他我是怎么想的。”

塔内朗太太在于德朗无所事事。她难以忍受这种情况，何况不仅佩克雷斯太太，而且全体帕达尔居民都鄙夷地将她撂在一边，一来是由于她对邻居的态度，二来是由于她两个儿子的态度。雅克嘲笑母亲的指责：

“你以为他喜欢来呀！……他来是出于客气，这个可怜的迪里厄。你不会看人，你不知道迪里厄是什么人……”

慕失去了耐心，不再去花园里度过下午。为了给自己找个目标，她走去找在里奥多尔河附近草场放牛的戴德姑娘。她只用隐晦的话向佃户的这位女儿提问，得到的关于乔治的消息不多。这姑娘也去巴尔克旅馆。

“您也应该去，格朗小姐。那里的好处是谁也不会注意您。我在入冬以前都去。”

然而慕既无意去巴尔克旅馆，也无意走出她所习惯的孤独……

人们开始收拾租佃屋的那三间房，让雅克住，慕帮帮母亲，虽然她不喜欢和塔内朗太太在一起，对后者最近莫名其妙的关爱感到别扭（她不知道佩克雷斯大妈对母亲说了些什么，但她在晚上，在吃饭的时候，才回到邻居家，避免和她单独相处）。很快，她感到照管哥哥的事比闲逛更没有意思，便什么也不做了。

六月中下了一个星期的雨。戴德姑娘不再放牧。雅克的家具从波尔多运来了，但天气太坏，不可能去塞穆瓦克火车站取货。淫雨断断续续、有气无力地下着，小路泥泞不堪。在花园湿漉漉的斜坡上，不计其数的小水沟压烂了青草，将草放倒，舔着它。慕放弃了花园散步。

人们不知道亨利在哪里，至于雅克，他认为住新家更方便，在那里一直睡到动身去塞穆瓦克的钟点。

农民们很忧伤，叹息说：

“这天气对李子可不利，使李子淡而无味……”

然而，据戴德姑娘说，巴尔克旅馆可仍旧很热闹。恶劣的天气对这位磨坊主有利，去他那里的人越来越多。

慕穿上从佃户女儿那里借来的斗篷，在大道和小路上转悠，希望能遇见乔治。这种不停的寻找占用了她一个又一个的整个白天，而且不久就像是一种义务，但她并不清楚自己不再有很大的期待。

她一刻也不埋怨哥哥霸占了她所爱的男人。

这是命中注定。的确，她怎能和这种连她都感到惊奇的魅力较量呢？在她哥哥周围时时都有激情在产生和消失，而且总有人沉溺其中。她猜到为什么哥哥霸占了乔治，因为这同样是乔治吸引她的原因：首先是他也恬不知耻地、随心所欲地生活，一半是农民，一半是走入歧途者。如果你能讨他欢心，他就表现得洋洋得意。他们两人谁也不工作，但是慕认为如果乔治为某件工作所累那会令人伤心的。如果有一天他爱她，他会将全部时间，全部闲暇献给她……

一天下午，她看见了他。他从她身旁走过，像农民一样穿着绒布工装裤，眼睛朝下，两手插在口袋里，脸色显得疲乏烦闷，并不知道慕在山楂树后面瞧着他。她想象他在关心她，其实他不是根本没想她吗？在持续的雨点下，他焦虑的大概是他本人的生活，而且，虽然他和雅克有所不同，此刻他们的面部表情却很相似——厌恶。

乔治的出现并没有使慕高兴异常，反而使她不安，她没有向前走一步去与他见面。而当他一从大路上消失，她就后悔没有抓住他。她飞快地跑过草地，鞋子陷进泥里发出吸盘般的声音，然后又沿着满河流淌着泥水的里奥多尔河飞奔。急于结束这场可悲的爱情剧的愿望使她气喘吁吁。

到了租佃屋，她看见母亲独自坐在一个空房间里正无所事事地抱怨。

“我失去可怜的头脑了，慕。你说说，那些家具一直没有来，雅克根本不管，就像对我们一样！”

她注意到慕的表情，女儿在神经质地哭泣，但又强忍着不哭出来。她并不过分惊讶。

“是这种天气，不知道这里的人怎么感觉，我也一样焦躁，仿佛会出什么事……”

接着，她思索了一下：

“如果你在这里太烦闷，我叫亨利带上你……”

在租佃屋周围，雨下得很密，像冰雹，在深绿色的水塘表面打了许多孔，两座几乎破败的水磨将影子投在水面上。雨更突出了夏天的懒散，膨胀的叶簇、浓而沉的热气，洒满小径的新鲜但腐烂的水果都表现了雨水的富足。在大门的挡雨披檐下，忍冬散发出淡淡的香气，还夹杂着湿沙岩和阵雨微微发咸的气味。在远处，于德朗屋顶上矗立着许多烟囱，冷杉林的树巅围绕在四周，很有气派。

风暴逐渐减弱，很快成为阵阵的细雨。天空明朗了，云还在变化，但已经比较平和。云中的某处会出现一个凹口，澄蓝的、明亮的凹口仿佛是湿的。

下午将尽时，从橡树林和佩勒格兰高原袭来一种白色的雾气，它缓缓地沿着里奥多尔河而下，朝迪奥尔河谷蔓延，在那里与厚厚的浓雾会合。戴德姑娘挽着筐子走出谷仓，朝帕达尔方向的西边地里去找菜。

“这样下来的雾气表明坏天气过去了。您瞧瞧这多美，河那边几乎看不见。”她对慕说。

在她经过的地方，里奥多尔河边高大的杨树在雾气中披上了白霜，一动不动。庄园与周围地区隔开来，似乎消融在雾里。

塔内朗太太从屋里出来朝水塘走去，在那条凹路前站住了，它现在是通往大路的惟一途径。她烦躁地叹气说：

“谁知道你的兄弟们现在在哪里？再过一小时，在雾里什么也看不见了，亨利还坐着特里的车满处跑。我宁可什么也不知道。”

在这次歇息以后，慕想活动活动两条腿。

“我到大路上去，看他是不是在迪奥尔河钓鱼。”

她又披上斗篷，快步走上小路。真的，她连刚才烦躁的原因都忘记了。在天气刚刚转晴的此刻，她对乔治的记忆变淡了，不那么鲜明了。

也许她认为这个男人的冷漠难以克服，所以放弃了希望。自从在于德朗的那顿晚餐以来，她为什么毫无根据地认为他会找她呢？如果说，他瞧了她一会儿，她就以为他爱上了她，她一定是疯了。还有，在他来访的时候，也许她的举止很笨拙……

到了大路上，她对迪奥尔河谷里喧嚣的风暴过后的沉寂感到惊讶，真以为身处潮湿的井底。

“亨利！”

她的声音引起了短暂的回响，她听不出自己的声音。

她不急于回到租佃屋，便在花园角的一块界石上坐了下来。

“他也去了巴尔克旅馆。”她想道。

在她身旁，树木在剧烈地晃动，抖掉沉沉压在枝条上的水，但似乎没有任何运动引起这突然的颤抖。很快，从静寂中飘出了十分温柔的潺潺声。沟水从山丘往下流，在慕脚前穿过大路，弯弯曲曲地。

慕突然感到她不再想乔治了。她对自己所谓的变化无常十分害怕，决定当晚去巴尔克旅馆，并为此而兴奋。

过了一会，她再次呼喊弟弟。一种像厚墙一般难以击破的静寂回答了她的喊声，而在花园里正在上演同一个水的幻梦剧，慕侧耳听似乎分辨出了温柔悦耳的声音。

“我要一直走到迪奥尔河，”她自言自语说，“但是，现在天很快就黑了。”

她能抵御恐惧。

慕从前曾在他们的地产旁边的地头，在那圈榆树下玩耍。她突然清晰地回想起来，那时她十岁，每星期四就和亨利和路易丝·里维埃一起玩。塔内朗常常过来充满父爱地看着自己的小儿子。他穿着一件蹩脚的土黄色上衣，脚上是猎人的鞋罩，当时就已经显得很老。雅克一来，就像稻草人一样把继父吓跑了，然后他躺在草地上指挥游戏，仿佛是一位随兴所致的、活泼迷人的王子。孩子们以他的参与为荣，乖乖地接受他的斥责。那个时刻很平和。他们丝毫不可怜塔内朗。雅克就是王。

现在雾堵塞了一切，它浓烈而寒冷。慕几乎确定弟弟不在迪奥尔河边钓鱼，但她还要一直下到小河边。

她攀住金合欢的树干免得滑倒，来到了铁道

边。在她家地产所在的那个山丘脚下，有一股泉水在欢快地、有节奏地跃动。慕经过草场时，第二趟火车在雾里迅速驶过，它的汽笛声从塞穆瓦克起就传进了慕的耳朵。

这时，慕在河边那个圆形的芦苇丛里，在塞穆瓦克和奥斯代尔那两座磨坊之间，看见了一个像影子一样模糊但又可怕的确切的东西——一具女尸。她惊呼了一声，然后本能地飞奔上山。

到了半山坡，她停了下来，突然恢复了理智，仿佛一下子逃离了恐惧。这女人是谁？……她没有认出那张脸，因为她在半明半暗处。这位陌生女人肯定是在塞穆瓦克磨坊方向，在牧场附近淹死的，那牧场将于德朗庄园一直延伸到山谷。这个想法突然使她无法忍受，她无法下决心走开。

过了一会儿，她明白没有人听见自己的呼声。出于谨慎，她没有向任何人报警。她是不是去看看，那淹死的女人该没有被灯心草丛拦阻在她家的地产前吧？要是那样的话，她又能做什么呢？首先得去看看。

最困难的是走下牧场的斜坡，她很沉着地穿过牧场，仿佛有人在窥视她。

到了岸边，她在地上跪了下来，好尽可能地看到最远处的河面。

溺死者被河水冲着，时而迟疑，时而顺从。慕的目光一直跟着她，直到尸体摇摇晃晃地越过了她家的草场，慢慢进入桤木林，那是佩克雷斯家与她家的地界标志。小河在这里转弯，在它转弯以前，慕借着最后的光线看到尸体两侧拖着两条黑辫子……

慕回到大路高处时，被一个人影吓得朝后倒退，这是她母亲。塔内朗太太比儿女们更敏感，更容易激动，因此慕特别觉得应该照顾她的情绪。

“我等你叫你有一会儿了。你从哪里来？”

老妇人的声音在颤抖，表明了她的软弱。

“从迪奥尔河来，去看看亨利在不在那里。

他一定是去巴尔克旅馆了。”

“戴德大妈请我们两人去吃饭。”塔内朗太太又说，“我承认这让我换个与佩克雷斯家不同的口味。”

她大致放了心，就说起那天傍晚她和那位女邻居的谈话。

“你想想佩克雷斯那个疯女人居然为儿子来向你求婚。这里的人看得清清楚楚！她这样可以一箭双雕。让在这里有情人，戴德姑娘一定对你说过。”

慕几乎没有听，什么也不明白。话语在她耳旁嗞嗞作响，敲打着她晕头转向的脑袋。她克制自己别流露出那可怕的、她自己也不清楚从何而来的厌恶。

“你这是怎么了，慕？过会儿就好了，亲爱的……”

母亲挽起她的手臂，但她生气地挣开，快步走去。

母亲艰难地跟在后面，不停地说，虽然不明

白自己的话有多少分量：

“这算什么度假呀，亲爱的！我们是两个不幸的女人，你瞧，有时我想要是你不在这里就更糟了……”

当慕在明亮的灯下坐上餐桌时，她感到极度疲乏，沉重的疲乏，好比她刚刚完成了一项超出她体力的苦差事。既然她很累，一切就变得简单了。她的焦虑并不妨碍她聊天和津津有味地进食。塔内朗太太放了心，逗佃户家高兴。

吃完饭时有人敲门。来人是佩勒格兰的仆人亚历克西。他从塞穆瓦克回来，有几分醉，提着一盏风雨灯：

“好像佩克雷斯的那个情妇自杀了。你们知道，就是在巴尔克旅馆当女招待的那个。”

慕纹丝不动。亚历克西走后，戴德大妈转头对慕说：

“谁都知道您让那年轻人的希望落了空。您别放在心上，格朗小姐。再说他就想找借口抛弃她哩。她是个可怜的姑娘。我了解佩克雷斯大妈，她现在该松口气了。”

晚上，慕没有回于德朗，而是按照自己的决定去了巴尔克旅馆。

巴尔克旅馆位于塞穆瓦克村口一座旧磨坊里。它是以新主人的名字命名的。自从磨坊改作他用以后，这座灰泥脱落的高房子几乎没有再装修。只是修了一个露台，它朝向迪奥尔河，在水坝之前河面最宽的地方。

晚上，人们从帕达尔、米哈斯姆、奥斯代尔来到这里娱乐，借此也可以透透气，沿迪奥尔河走走。

因此旅馆大厅在水的上方，一座小木桥通向那里。巴尔克将大厅布置成农村风格。四周是铺着提花布的桌子，中央是一个铺上石板的空地，可供跳舞。在开向阳台的门对面有一个现代风格的铝制小柜台和模仿巴黎小咖啡馆的高凳子。柜台后面是巴尔克。他还年轻，穿着洁白无瑕的短袖衬衫。出于健康原因，他来塞穆瓦克度过夏季的三个月，然后回巴黎，在那里他经营一间酒吧。

慕听见从大路上传来正在搜索树林的寻找者的喊声和划桨人在雾中逐渐远去的回应声。今晚这件丑闻使人们不得安宁，对慕来说似乎是寻找乔治的极好借口。

巴尔克旅馆关着门，人们在里面跳舞。浓烟仿佛在大厅里制造了陌生的气氛。在跳舞的人中，她认出了两兄弟，在大门对面的一张桌子旁，她认出了乔治·迪里厄。

他背靠着墙，正抽着烟看她。他那紧张的姿势和面部表情表明他难以克制欢乐和急躁的心情。总之他给她的印象是一直在等她，虽然没有设法与她见面，而其中的理由慕仍然一无所知。她从未像今晚这样理解他，明明白白地理解他。

每个人都窥视着新来的人，慕的到来当然也

引起注意，雅克向她抛去询问的目光，如果在别的时候，这目光会使她发抖。

她一见到哥哥，就发觉他很不安。女人和跳舞都无法使他摆出尽情生活在此时此刻的样子。他像一头野兽，一面在森林里走动，一面不断地提防危险。不论他做什么，大门在吸引他，他不时地看看巴尔克，像恐惧的孩子一样充满了天真的信任。

唱机几乎从不停下来，跳舞的人在两支舞曲之间几乎从不休息。

然而，在第一次间歇时，雅克和亨利就困惑不解地来找慕。

“出什么事了？”

“没事，只是我在家感到烦闷。”

两兄弟对这个回答不满意。亨利耸耸肩，雅克局促地对巴尔克喊道：

“你照顾我妹妹吧，巴尔克？”

有一会儿，人们好奇地、猜疑地盯着她。巴尔克送来一杯烧酒，一句话没说就又回到柜台后面去了。

两支舞曲之间的气氛出奇的安静，叫人不安，仿佛音乐只是掩盖了普遍的纷乱。

人们在跳舞、休息、饮酒，被拖入像体操一样有规律的节奏中。

慕注意到她哥哥和乔治相互不说话。

乔治比雅克年轻，但看上去和他年龄相仿。格朗家的这个儿子的确显得年轻，一事无成者、追求享乐者都是这样的，没有任何实际责任使他们衰老，没有任何习惯使他们资产阶级化。对女人的酷爱使他们不停地追求艳遇而不在任何爱情中变得麻木。

这两人在年岁上的差距之所以并不明显是因为迪里厄经历丰富。关于自己萎靡不振的生活，他既不以为荣，也不为此玩世不恭，而雅克却逢人便夸耀自己的游手好闲。他声称自己不愿意全力投入多种可能性中的任何一种，惟恐妨碍或削弱其他可能性。他喜欢在生命的每一刻都感受到年轻的幻想：还有能力从事一切。

“我呀，我应该写作，可你知道，一写作人就有一半完蛋了，衰退了，写作消耗你，这很讨厌……再说，写作有什么用呢？”

雅克·格朗这样说也许不仅仅是出于懒惰。人类生活的虚幻已成为他的一个信条。

乔治的生活中大概还没有发生什么重要的事。显然他为此苦恼并养成了默默躲在失望后面的习惯。看上去他对生活，对人都没有什么兴趣，因此人们猜测他富于幻想，享受内心的快乐。

这天晚上，这一切突然显示在慕眼前，虽然她长久以来认为迪里厄和雅克在本质上相似。吧台的高凳上坐着年轻的姑娘们。亨利大概认识她们。他和她们十分随便地交谈，以“你”相称，搂着她们的腰。她们不是农民，而是来这里度假的波尔多姑娘。亨利的生活极不检点，但人们信任他，他讨人喜欢。任何约束都没有引起他的猜疑，也没有妨碍他朝快乐飞奔。虽然他很年轻，但已拥有了爱情的实际经验。他的爱是贞洁的，带着孩童的柔情。

雅克是娱乐的组织者，由他付酒钱，点音乐。有一刻他去到亨利身边，不耐烦地和他说话，一面指着慕。但弟弟耸耸肩，又开始跳舞。

于是雅克从一个小楼梯去到二楼，此前慕一直以为那楼梯只是柜台后的暗门。楼上是巴尔克的寓所。有人不想跳舞，或者怕音乐妨碍聊天，便上楼做私下的小聚。

雅克似乎一直不关心慕，但在上楼以前却冷冷地对她说：

“你现在该走了，听见吗？我给你付了酒钱……”

但她既不想听他的话，也不想走。巴尔克端来的烧酒使她愉快地壮起胆来。哥哥不再坚持就走开了。人们又开始在烟雾腾腾的昏暗中跳起舞来。

乔治也站了起来，慕以为他要走。她决心跟着他，顾不上可能出现的不良后果了，她准备站起身来。也许他明白了，但他似乎没有注意。

她对他说自己来是为了见他。她有时具有惊人的胆量。

“为什么您突然间不再来了？这种事是不应该的……”

他假装把她的意见看作是有时必须采用的、夸大的社交辞令。不，他不想坐下。

“您允许的话，我一会儿送送您。”

她看到他眼神中有与她为伴的强烈愿望，以致他失去了往常的沉着与坚定。突然间，在这个男人的脸上长久以来的拘束爆裂开了，因为在此以前他驾驭了这种拘束，他轻松地、轻巧地站在被抑制欲望的强大浪潮的巅峰之上。慕明白此时他强加于己的堤坝已被淹没，他突然失去了不真实的东西，全身投入欲望的那个深深的、苦涩的浪潮之中。他们相互对视，在一秒钟内，这一切猛然间发生和消失。乔治又回到他的位置上。这一刻在慕的身上留下了明亮与温暖的光。她感觉到幸福，相信幸福是这些魔幻时刻的属性，在这些时刻一切困难迎刃而解，哪怕身处灾难带来的混乱中心。

说实在话，一段时间以来他较少思念慕，因为必须有初步的占有，有允诺，才能使男人记住。他在于德朗晚宴上注意到了她，但雅克不以为然，他不能容忍失去一位朋友。于是，为了使乔治远离她，他编造说：

“您不知道我妹妹和让·佩克雷斯订婚了？到秋天他们就结婚。”

（这是他的秘密愿望。佩克雷斯会为于德朗付钱，那就能解决他的问题。）

迪里厄花了一段时间才不再去庄园。他避开于德朗。农民们证实了雅克·格朗的话。他觉得这门婚姻很可恶，但他闪避开，因为慕并不是他的女人，没有一句话甚至没有一个亲吻。

现在她就在这里，他感到从强加于已的禁令中得到了解脱，突然为这意外情况而高兴异常，因为他认为这个艳遇具有出乎意料的深度。

让·佩克雷斯出人意料地突然来到大厅。

巴尔克快步走上去，关了唱机。人们拥了过来，女人们在前，不恰当地喊叫着。

“怎么，什么也没有？”

“可怜的老弟，你坐下……”

让·佩克雷斯惊恐地瞧着他们。

“没有。”他说。

看到慕时，他大概对她的在场产生了误会，以为她是为他来的……他没说客气话就在她对面坐了下来，因为在某些情况下是可以这样做的。慌乱的神色表明他刚受到惊吓（最令人吃惊的恐惧是害怕已促成他人的死亡）。

他的到来被音乐诡秘地掩盖过去了，人们又跳起舞来。此刻约摸到了午夜。乔治·迪里厄始终未动，只是时不时地再要一杯烧酒。

让·佩克雷斯对慕说自己高兴看见她。姑娘却不喜欢让滥用这个机会在她桌前坐下，何况他喝了很多酒，酒精很快便刺激他过度兴奋的神经。

“您不知道她曾在这里帮工？据说，嗯，有人看见他们在一起跳舞？我有段时间没有来，不知道出了什么事。”

慕心里想：哥哥不安的神色，全大厅的人的默契，还有乔治比较明显的默契……不，她认为是佩克雷斯被情妇的死吓坏了，想将严重的责任推卸给别人。

“要是我找雅克说说清楚，他会扑到我身上的。”这个年轻人说，“但是人们会知道的，我要告诉这一带的人。”

他粗野地喝酒，一杯接一杯，像乡下小伙子一样每喝一大口就咂嘴，时时喊着巴尔克，声音愤怒而粗俗。但没有人挑逗他，谁也不和他说话。只有慕在他身边，一来她不愿意他说她家的坏话，二来她不愿意再次错过乔治。

“为什么你说是我哥哥逼她的？你是胆小鬼，不敢承认你早就抛弃了她。如果我哥哥在这里雇用了她，那完全是光明正大的。”

让·佩克雷斯勉强地大笑起来。

“你听见了吗，巴尔克？雅克先生甩掉了这姑娘还说他光明正大！什么家族！你说说，你大概甚至没付她钱，巴尔克你这个老坏蛋。来，给我来双份的，你活该！”

巴尔克立即照办，很快，他低着头，忍受一切欺压。

让已经醉了，用一种神经质的、玩世不恭的快乐语气——其实只是他的恐惧方式——俯身对慕说：

“为我们的订婚干一杯？您不知道我因为爱您才甩掉她的吗？”

他不停地，笨拙地站起又坐下。慕宽慰地发现许多客人都在离去。柜台后的巴尔克，大厅尽头的乔治对一切都似乎毫无觉察。音乐已经停止。

“您知道，如果您拒绝，那就不妙了。您母亲甚至向我母亲借钱来为您哥哥买家具。这叫傲气，这！我们知道你们在这里值几文钱……”

慕并不知道这事的底细，但并不惊讶。

让·佩克雷斯倒了下来，头枕在两只手臂上，发出沉重的呼吸声。慕来不及思考这个年轻人泄露的秘密就听见二楼在嚷嚷，朝楼梯开的门轰然一声被推开，在一片寂静的大厅里仿佛是响雷。巴尔克赶紧向前阻止雅克。佩克雷斯醒了过来，用威胁性的、黏糊糊的声音高声咒骂。

此时，乔治面对楼梯站了起来，慕走到他前面。最后几位顾客畏畏缩缩地挤在他们身后。慕看见哥哥站在楼梯平台上，明白人们不要他下楼。

在这一刻慕发现乔治在她身后，准备触摸她。但她迫切希望哥哥下来，因此对乔治无动于衷。雅克会在佩克雷斯面前溜走吗？他作为哥哥，作为家庭的保护者，多年以来统治着她，只有她能打击他的虚荣心。

“我想该回家了，雅克。”

他用没有表情的声音高声说：

“我妹妹说得对，该回家了，巴尔克老弟……”

他走下楼，在灯下显得十分苍白，简直认不出来了。他慢慢地走向佩克雷斯，看到后者已经醉了便很快镇静下来。他摆出高贵的姿势，将手搭在后者的肩上说：

“你遇到的事真可怕，让，我真诚地同情你的不幸。这就是鼓励一个女人的下场！你的愤怒毫无道理，佩克雷斯。你知道我尽了全力来帮你。你还记得两星期前你是怎么对我说的。我是好人，这你知道。我们相识有十五年了……”

压在佩克雷斯肩上的那只铁腕使他无法站起来，他的手在无力地摇晃，仿佛在躲避雅克·格朗的话语，但他没有回答。于是雅克冷静而十分巧妙地利用这个机会。

“来吧，一起喝一杯，忘掉这倒霉的事吧！慕，来和我们碰杯！别担心，佩克雷斯，我知道你对我妹妹的心事，我会帮你忙，是你意想不到的。”

谁也不去到他们桌边。顾客们围着他们，讨好继续喝酒的佩克雷斯。

慕正要出去时突然从门外传来嘈杂声，进来了几个人。其中一个朝磨坊主走去，摘下鸭舌帽。他大汗淋漓，绑腿湿漉漉的，衣服也是潮湿的。这是一位寻找者。他用一种蔑视的眼光看看在场的人，对巴尔克说：

“我们在小树林后面，佩克雷斯家的那块地前面找到了她，她被卡在迪奥尔河拐弯处的芦苇之中，那里没有流水。”

佩克雷斯和雅克·格朗都一下子站了起来。

佩克雷斯逐一地瞧着他们，古怪地跳着脚，最后抽泣起来，一面低声唠叨，无耻的神态使谁也不可怜他：“就在我们多年来约会的地方，自我服完兵役以来快四年了……”

另一些农民很快也进来了。他们不屑于回答顾客们的问题，只认识在场者中的佩克雷斯。他们向他作解释：

“我们把她留在河岸上了。明天镇长会来验证。没有理由，她当时是一个人……”

慕认为有人在迪奥尔河草场上见过她，但很

快她就不得不屈服于事实：没有人注意她，而农民们的话毫不含糊。于是她恢复平静，这种平静使她不再有任何感觉。

她终于鼓起勇气看着哥哥，他正与朋友们告别，脸上露出一种审慎却明显的满意。

巴尔克关上门。慕比所有的人都走得早，当她独自走在大路上时，天还是漆黑的。

她越想回顾夜里这场戏，就越对哥哥既懦弱又激动的态度感到惊讶。他表现得出奇的随和！他下楼时的那副面孔一再在她眼前出现，既诡诈又惊慌失措，以致她抓不住这个谜。

她没有坦言那姑娘肯定不是在佩克雷斯家门口自杀的，她这样做不是在不知不觉间给雅克帮了忙吗？她不后悔鼓励哥哥与让对峙，但她知道在得到某个确证以前她不会有片刻的安宁。慕沉入荒诞的假想之中，有时怀疑使她走得很远，于是恶便以至今她从未见到的形式出现，以致她难以承受。

她来到波尔多大道与塞穆瓦克小路的路口时，乔治赶了上来。她既不快乐也不惊奇。乔治粗鲁地走近她说：

“让·佩克雷斯说的是实话，您哥哥使那可怜的姑娘活不下去。他可耻地占有了她然后又憎恶她。我知道得太多了，不能不说出来。有些事情即使不伤害您，也会使您惊呆。为了您和您母亲，我尽了一切努力阻止他这样做，但他是个坏蛋……”

慕知道雅克会如何折磨他开始讨厌的女人，但她怀疑乔治为什么要在这种情况下列席夜里那场戏。

出于本能，她仍试图为哥哥开脱。

“您为什么对雅克横加指责呢？我原认为您是他的朋友。再说，如果他真像您说的那样有罪，刚才他就不会高傲地朝佩克雷斯走去。”

乔治的声音突然不像往常那样冷漠。那是慕从未听过的音调，表达出极力控制的愤怒。

“那不是高傲，这您很清楚，慕。那姑娘也

是巴尔克的女友，她怀着他的孩子。他们从来没给她钱，您哥哥还千方百计地逼迫她……我并不否认让·佩克雷斯在这里面起过不光彩的作用，完全不是这样。但我认识他很久了。他不可能让她如此痛苦，他缺乏雅克那种灵巧，那种性格……”

慕希望乔治不再和她谈论哥哥。

“再说，您自己也要当心，慕。”他继续说，“天知道他会玩什么诡计以重新获得让·佩克雷斯的信任！我不了解您，但是今晚看到您鼓励他时，我明白他对您多么重要，你们全家是如何团结在他周围的。”

他想陪她回于德朗。他现在不停地说，不需要她用话语或手势来鼓励他。

他们来到了于德朗的饭厅，有好大一阵子她不知道该和他说什么。她觉得他来这里是出于软弱，不愿在这个夜晚以后独自回去。她曾在漫长的日子里等待这一刻，但此刻在他身旁却感觉不到丝毫幸福，仿佛相爱已为时太晚。她再次认为对乔治毫无感情，认为她的幻想、她对幸福的愿望、她的力量，一切都被毁了，却不知这是为什么。

乔治背靠着壁炉抽烟，时不时地又谈到那位姑娘，一再明确自己的想法。两人都摆出合时宜的神气，情不自禁地像遭遇不幸的人那样拘束不安和阴沉。

慕认为再没有机会让她说出她知道的一切了。她必须对乔治讲。意想不到的知心话会引起撞击，会打破今夜以来束缚他们的不祥的魔法，也许能将他带回来。她喃喃说：

"昨天傍晚，风暴过后，我看见她在我家草场前面的铁道下方。她肯定是在那里淹死的。人们可能以为她的尸体是搁浅的，其实在磨坊以后根本不可能。"

乔治没有立刻回答。

"您一直保持沉默，我并不感到吃惊。您不可能永远帮他赢回赌注的，幸好……"

她想他会觉得她高傲，她很气恼。现在，他

将离去的这一不同寻常的时刻快到了，她虽然知道自己可爱，但感到再无法留住他……

突然有人敲了几下木窗。过了一刻就听见雅克·格朗压低的声音。

“慕，开开门！……”

哀求的、充满了孩童温柔的声音。慕朝走廊门口走了一步。乔治拉住她，用手捂住她的嘴不让她回答。他们就这样等了一会儿，乔治没有放开她，虽然后来大可不必这样。几滴眼泪掉落在他手上，于是他将慕拉得更近，紧紧抱着她。慕明白他和她一样得到了解脱，他们一同从痛苦的沉沉黑夜中走了出来。乔治低下头，轻声对她说：

“我早就爱上您了，慕。您想想雅克声称您和佩克雷斯订了婚，所以我就逃避……”

雅克围绕屋子走了一圈。他们听见他在敲卧室的木窗，轻轻地、平缓地。他又回到饭厅外面，再次呼唤妹妹。接着，他一面低声地自言自语，一面靠在木窗上写什么东西。在片刻间，铅笔的微弱摩擦声抹去了沉寂，接着雅克从门缝里塞进一张字条便走了。

他们赶紧过去，慕大声念出哥哥那难以认清的蝇头小字：

> 亲爱的慕，我劝你对今夜的所见所闻保持沉默。你是大人了，明白我们的母亲对此应该一无所知。
>
> 雅克

乔治用缓和的语气说：

“我知道他深爱你们的母亲，以他的方式……”

姑娘脸上的狂热表情使他吃惊，她回答说：

“我们都爱他，就连他的第一受气包塔内朗也爱他，尽管这看上去不可思议。他使人们不幸，但有时他为此感到难受并且后悔没有表现得好一点。他会像疯子一样走个通宵的，他刚才来是要和我谈谈。他这副样子表明他害怕自己。”

刹那间她想唤回哥哥，但乔治拉住了她。

和往常一样，格朗一家去老朋友布里奥尔先生家过星期天，他是位退休的小学教师，住在帕达尔。这天早上他们穿过家里的大片地产，这是来后的第四次。

在静悄悄的星期天，几乎听不见高原脚下里奥多尔河的潺潺声，在风暴和接踵而至的大旱以后，这条河成了细细的小溪。格朗一家人越过老李树果园和葡萄园，有些葡萄树疯长，长长的藤蔓伸展到四面八方。

在从土地南端的大片橡树林中斜插过去以前，他们沿着租佃地走。戴德姑娘正站在门口，准备去做弥撒。她不停地扭动身体，朝亨利微笑，粗俗地流露出一种新近才有的默契，塔内朗家的小儿子扭过脸去。

他们来到大路上，一群鸟正在阳光下，在高空中飞过去，他借这个机会掩饰自己的拘束不安：

“你瞧，慕！”

慕在弟弟歪斜和阴沉的眼光里看到了野鸽的倒影。他仰起头，一直盯着飞翔的野鸽，直到它们融入苍穹之中。

他们抵达了葡萄树中间蜿蜒曲折的石子路，塔内朗太太从此举步维艰。闲散的假期使她发胖，尽管清晨很凉爽，她仍感到疲乏，而且很快就喘不过气来。

“我什么再也干不了，身子沉沉的。”她一面擦拭额头，一面呻吟说。

她那哀怨的声调没有引起任何一个孩子的同情。儿子们走在她前面。亨利像孩子一样晃晃荡荡地从小路的一侧跳到另一侧。雅克已不再欣赏乡间的乐趣，每走一段就停下来不耐烦地催促母亲：

“嗳，快走啊！”

只要他想要骂人，那话就立刻从嘴里吐出来。这也是他的老实之处。他之所以不喜欢慕的态度恰恰是因为慕不像他那样直截了当地表露感情。他从不知道自己的辱骂和态度在妹妹身上产生了什么效果，因为他的责备消失在她身上如同消失在无流水的湖底，成为混浊的谜。母亲总是这样说这个儿子：既然他很坦率，他就不像别人想的那么坏。如果说雅克并不像他表面上那样心狠，那么她的话也许是对的。

他刚收到塔瓦雷斯银行一封长信，他不肯给母亲看。他说自己很不安，并提出要回去。也许这是离开于德朗的借口？因为一段时间以来人们明显地疏远他。

自从那位女侍者自杀以来，慕只有在吃饭时才看见他。他不再和她说话。他大概知道乔治在晚上和妹妹在一起。这位朋友不去巴尔克旅馆，也从他手中溜掉，使他暗暗受到羞辱。慕猜到他在塞穆瓦克玩得不如以前快乐，而且自从那件事以后，一种令人羞愧的苦恼始终在折磨他。她从戴德姑娘那里得知现在去旅馆的人没有以前多了。

他不敢对自己承认他害怕妹妹，因为他怀疑她是自己最顽固的敌人。如果他敢责备她垄断乔治·迪里厄，她可能会把事情告诉母亲，再说她是否是乔治的情妇，他完全没有把握。

在清晨柔和的光线里，母亲怀着忧伤的柔情注视他，从眼神中可以猜到她在对自己提出有关他的无休止的、折磨人的问题。她第一次怀疑他是否仍然想在于德朗定居下来并且将自己的怀疑告诉他。她常有这种难以相信的愚蠢举动，她本人也意识到，但她无法沉默，她认为把想法说出来是她做母亲的责任。

“最初我们会帮助你。”她轻声细语地对他说，“塔内朗肯定也会帮你。我向你担保这个老庄园眼下还是好东西……”

他的沉默使她大胆地继续说：

“你们将来会明白我没有卖掉它是对的。我

希望你让我放心，雅克。为了帮你在这里定居我已经花了一笔巨款。”

他鄙夷地朝她喊叫，她“留着于德朗吧”，如果她想死在这里，但是他，他有别的考虑。于是开始了一场粗浅的争论，它很快就结束了，因为双方都认为没有必要进行深入讨论。塔内朗太太，出于一种过于荒谬的忠诚，将儿子身上一切逃遁的欲望摧毁殆尽，她这种持续的热情使雅克很恼火。有时他仿佛责怪母亲如此爱他，他仿佛意识到这种温情会使他逐渐软弱。然而他不离开家，尽管这些争吵十分丢人，它们暴露的只是塔内朗太太和儿子的神经质。

他们走近路，穿过佩勒格兰家的土地。佩勒格兰大妈正等着他们，与他们会合。她是佩克雷斯大妈的表姊妹。星期日的“换装”让她戴上一顶浅黄褐色的软帽，与她鲜红的皮肤和皱皱巴巴的面孔很不协调，暧昧的老来俏的神气使这位真正的农妇像妓女。他们相互说了几句话：

“聋子怎么样？还是很健壮？”

“聋子”是她的兄弟，一位聋哑人，她供他吃住，尽管她生性就厌恶不幸的人。但他被认为是本地区最好的劳动者。他一人能干两人的活，因此他姐夫当然要雇用他。佩勒格兰大妈假装疼爱他，其实村里人谁都知道“聋子”在他们家里从不上桌吃饭，睡也睡在小阁楼里。

慕趁母亲和这位农妇交谈时想走开，但是农妇用很重的南方口音对她说：

“怎么样，小姐，睡在于德朗不错吧？”

慕仿佛被抽了一鞭子，满脸通红，但仍大胆地回答说住在庄园的确不错。她发觉雅克停了下来看着她，带着几分嘲讽和轻蔑。

聋子朝他们走过来，他穿着一件很干净的衬衣，但没有领子，他姐姐每到星期天就让他穿这件衣服，惟恐他显得太脏。他看见格朗一家时咧开嘴满面微笑，翘起的嘴唇露出大大的牙齿，喉咙里发出一种模糊不清的声音，大概是表示高兴。但他没有停下来，很快就张着嘴走远了。

他们路过大橡树农庄，然后到达帕达尔。帕

达尔比塞穆瓦克离于德朗更远，但是格朗一家一向是去帕达尔做弥撒，因为他们认识神父。

做弥撒时，慕注意到那两个兄弟对误入歧途来到这样的地方感到很生气，很别扭。星期日总是以争吵结束的。格朗兄弟将参加弥撒看作是母亲每每使他们陷入的圈套。年轻的亨利已经接过哥哥的观点来指责母亲了。这个无足轻重的细节却清楚地说明了格朗性格的特点：惊人的健忘！的确，他们能对乏味得要命的星期天期待什么呢，为什么每次都对一成不变的程式抱幻想呢？这是他们难以治愈的弱点。他们一走上去帕达尔的大路，便已深信即将承受厌烦之苦。但他们从不向后转，而且，出于恼怒，他们千方百计地让那一天变得可憎可恶。他们善于保持表面上的尊严，在母亲面前很鲁莽，在丑闻面前很懦弱。因此，做弥撒时，他们坐在第一排，神色稍稍谦逊和满意，以尊重帕达尔居民对他们的信任，因为他们让出了教堂里最重要的座位，而且似乎还稍稍后退，以突出格朗一家的社会地位。

至于塔内朗太太，她只是间或地祈祷，因为她很容易分心，她认出了某些人，朝他们微笑。她丝毫不为这一天的前景感到不安。

慕再一次看到这个神色安详、漫不经心的女人与归途中的母亲是多么不同，那时母亲将承受儿子们对她大发脾气的沉重负担。塔内朗太太具有惊人的精力，她在这短暂的内心闲散时刻将精力节省下来。她每天在挫败生活中的打击，习以为常，自有一种风韵。

帕达尔的全体农民都来做大弥撒，女人们坐在祭坛右侧，大都穿着棉和丝织成的黑衣，黑衣将她们辛劳的圆背裹得紧紧的，男人们坐在左侧，人数较少。天气晴好，但通过窗户射进的光线很苍白。唱诗班围着讲台上的一架老风琴唱诗。神父的母亲是在帕达尔定居二十年的裁缝，幼儿园的阿姨是最后来到帕达尔的，她们两人组成了帕达尔的唱诗班。

慕想到乔治·迪里厄。自从巴尔克旅馆那个晚上以来，他每晚都偷偷地来到于德朗。他们关上门待在饭厅里，慕不大明白乔治为什么如此害怕她哥哥。同样，她也不理解乔治对她的态度。她宁可他如她想象的那样，粗暴，无所顾忌，在她生活中取代她哥哥的统治地位。这是她的初恋，肯定也是她惟一的爱情，因为她离不开这个男人。然而当他和她谈到婚姻时，她觉得他的想法很天真。乔治身上似乎有某种不可战胜的东西，一种信赖，这完全是他臆想出来的，她认为毫无根据。这种肤浅既令她不快又使她不耐烦。

帕达尔的退休小学教师布里奥尔先生的房子坐落在一块加固的地段上，地段下方是教堂，上方是本堂神父住宅。加固的露台变成了菜园，与作为背景的、被废弃的墓地相接。从这里望出去，视野相当辽阔，缓缓下降的山坡上的风景一览无遗，只是中间隔了一条两旁长着榆树的小河。一条白得出奇的大路在山坡上迂回曲折，它的前一部分隐藏在帕达尔村后面。

在避风又无树荫的花园里，天气十分炎热。

雅克和亨利在沿着露台的巡察小路上来回走着，塔内朗太太和慕则凭倚在俯瞰山谷的矮墙上。雅克走过母亲身边时，咬着牙大声说：

“这是最后一次了，听见吗，最后一次！”

塔内朗太太不回答，只是勉强地微微一笑来安抚他。这个可怜的女人从来就没有发觉她这种态度对儿子更是火上加油。正午的阳光使慕有几分睁不开眼，她显得很不安。为什么哥哥的话语如此深深地刻在她心中？他呢，烦躁地踏着地面，像找不到出路的动物一样在笼子里转。

慕在内心里作出了一个比那天晚上更严酷的判断，雅克如果猜到会吓呆的。他的确自认为是最可爱的男人，家里人应以负担他为荣。慕还从未如此清晰地看到他该受人蔑视。自从她认识了乔治·迪里厄，她就看清了哥哥的深刻本质，首先因为她和乔治经常谈到他，其次因为对她来说，雅克是否可鄙如今已无足轻重。她对乔治的爱使她在精神上摆脱了最后一个脆弱的束缚，她掌握着这个奥秘的钥匙。

在此以前她暗暗忍受的无可争议的现实，现在她终于明白了它的性质。真相的澄清使她极为兴奋。谴责的论据在她心中明确起来，她要尽快地告诉乔治，就在今晚，因为乔治的爱会因为这些发现而更深刻、更违反常规。

气恼使她的太阳穴在跳动，但她毕竟处于快乐的兴奋状态中。突然，她感到自己有力量去怜悯母亲，母亲一直盲目地忍受暴虐，而它是可以被轻易击败的。她将手放在母亲手上。塔内朗太太不明白这个举动的含义，但当她转过身来遇见女儿的眼光时，她抽回了手……

小学教师的姐姐来了。她几乎失明，步履沉重，她身上的衣服在白日之下显得十分肮脏。衰老面孔上的每个皱纹里都有一道黑色的细痕，使皱纹显得更深。

“你们在看花园？”她说，“唉，自从小家伙死后它变得很难看！从秋天起，我就没有碰过它……”

小家伙是他们的弟弟，曾在邻村当小学教

师，去年去世的。

她神色中有几分厌烦。塔内朗一家每星期日的来访给她增加了工作量，只有慕在很久以后才明白这一点：老妇人不想见他们，因为她一直就不喜欢塔内朗太太那种狂热和关切。她喜欢亨利，亨利小时曾去她弟弟那里学拉丁文。

布里奥尔先生衰老了。他哼着歌走了进来，亲切地朝他姐姐走过去鼓励她。老太太喃喃说了点什么，于是大家坐下吃饭。

午饭阴沉乏味。通常家里人是不来饭厅的，这里的家具蒙着像薄纱一般的灰尘。苍蝇在阳光中昏昏然，使劲地撞向天花板……

慕的眼睛一动不动地瞧着成群的鸟儿正欢快地飞过的花园，但视而不见。塔内朗太太这时正断断续续地说话。有一刻，老布里奥尔想让亨利高兴，回忆起他们共同的往事，但很快就发觉从前使这位学生高兴的事甚至再也引不起他的注意力了。亨利变得和雅克一样，对玩乐以外的一切毫无兴趣。

晚祷以后，他们无精打采地回家。终于白日将尽。当帕达尔一从视线中消失，塔内朗太太就开口了，为的是预防惯常的争吵：

“如果一切顺利，我想我们可以在周末时回去……”

他们不作声。她刚刚表达了儿子们心中的希望。任何东西，现在任何东西也不能使他们留在于德朗。慕感到一阵悲伤，但又有一种超然感，这感觉如此强烈，以致她认为从来没有爱过他们。

小路在他们脚下延伸。于德朗沉默的房子出现了。他们绕过它朝佩克雷斯太太怀有敌意的房子走去。

晚饭时，塔内朗太太用几乎失礼的强调语气宣布她将离去。这是佩克雷斯太太未想到的。她立刻预感到将大难临头。一旦慕走了，她儿子怎么办？

不但慕避开他，自从他的女友自杀身亡以后，他在帕达尔被视作不规矩的人，人们不会爽快地把女儿嫁给他。

在佩克雷斯大妈看来，儿子之所以放弃情妇是因为他爱上了慕。她不知道雅克也抛弃和虐待了那位姑娘。她只知道这悲剧的开始，相信儿子有罪。对格朗一家而言，幸运的是她气恼不已，无心去追查真相。

她了解儿子的弱点，他像她一样，想要什么

就顽固到底。因此，自那悲惨的夜晚以来，她害怕会发生最糟糕的事，例如他离她而去。一段时间以来儿子藐视她，这比她本人的死亡更可怕。如今解决问题的惟一办法，难道不是将慕留在于德朗吗？即使格朗小姐是一位名声不再清白的姑娘，即使她后来成为公共丑闻的目标，在让眼中，她肯定仍然具有诱惑力，让会不断地希望得到她。

然而，佩克雷斯大妈在餐桌上丝毫没有露出不安。她尽量显得和蔼可亲，弥补对格朗一家的失礼之处。她一心只想她个人的计划，不考虑它们是否会影响塔内朗一家的生活，它看上去已经很不和谐了。可是，即使她意识到这一点，她也不会放弃计划的，因为她的激情是她行动的最高法则。

这天晚上，慕·格朗很早就回到于德朗。

她一口气跑到欧楂树绿篱那里，两星期前她曾在这里将让·佩克雷斯打发走。她停下来稍稍喘口气。

月亮还没有升起，天还亮着。

在她右手，雾气在迪奥尔河河谷堆砌起来，像泡沫一样轻盈。在小路另一侧，于德朗高原延展开去，一望无际，一动不动地裸露着。

多么可恶的星期天！从早上开始就有什么东西在酝酿，本能地：他们的最后决定，离开于德朗。从这样一天里只能得出这个结论。然后他们回佩克雷斯家时感到多么轻松！

然而，慕独自一人时感到十分清醒，仿佛睡了一整天。星期日突然被远远抛到身后，她呼吸重获孤独的芬芳，这芬芳与黑夜辛辣的香气交混在一起。

“多么讨厌的一天！他们真叫我恶心，”她自言自语，“他们叫谁都恶心……”

她嘟囔着这几句话，已感觉不到它们的真实含意。其实她已经接近了她急于见面的乔治。小伙子肯定在于德朗的椴树下等着她。他大概是走来的，一面等她一面抽烟。在树下，她只能分辨出他烟头的火。他会烦躁和怀有敌意，但她对此感到高兴，因为他对她越来越真实。

她走得很快，惟恐在她到达于德朗以前他就走掉了。

椴树下还没有人。

除了冷杉林中的风声以外，一片寂静。这生硬和单调的风声很像海水冲刷卵石的声音。她寻找，但是枉然，没有人。

她走进卧室，不知怎么办，最后在小桌旁坐了下来。

“这个钟点，他本该来了……”

只要他到了小路的高处，她就能听到他。甚至在听到他以前，她认为能猜到他的脚步声。

她几乎立刻变得无比焦急。他会走着来还是骑马来？从四面八方似乎传来了马蹄声，使她的精神过于紧张，注意力分散。乔治从四面八方来，从地平线上的各处来，从被黑夜笼罩的各条小路上来，她不知道究竟该对哪条小路寄予希望。这种多重可能性在折磨她，仿佛将她关闭在一个越来越狭小和可怕的圈子里！

往常他不是来得早些吗？这意味着什么，天哪！她想起他们头天晚上的约会，似乎猜到他在为他天真地强加给自己的苛刻约束而痛苦。他曾说：

“如果您同意，我以后不来得这么勤了，在这种条件下见面是很难受的事……我想我最好去和您母亲谈……”

她嘲笑他给自己定的约束，也满意地看到他日益为摆脱约束的欲望所苦。

她深深地呼吸，但吸进的空气消失在她体内，仿佛漏到了肺部深处，她透不过气来。她一直盯着有铁栅栏的窗扇，仔细瞧着椴树小径，一阵阵风刮起了树叶。

“他逗着玩的，让我等着，我了解他……”

她大声说话，再也控制不了焦急情绪。她的声音令自己吃惊，真仿佛周围的一切立刻发出连续的回声。

“他逗着玩，逗着玩的，让我等着，我了解

他，他逗着玩的……”

可以用一百种方式来解释这件事。他逗着玩。他大概有点粗鲁地逗着玩，就像当地儿童赤脚站在急流中，在岩石下面抓鱼（也许他在暖房里窥视她）。也许他以对方烦躁的等待来刺激自己的乐趣，男人玩弄的这种可恶游戏。

想到这里，她急躁得发狂。它表明了乔治对她的诱惑力。几天以来，自从他恢复了镇静，他渐渐地从她手中溜走。

她站了起来，熄了灯，走到房子外面。月亮现在已经很高了，慕的身影蜷缩在她身边晃动，就像一只高兴地跟随她的小动物。

高原上几乎没有风，迪奥尔河的草场上飘着牧草的气味。小路上始终没有人。

慕走得很快。自由令她陶醉，哪怕只是表面上的自由。她本人的不理智使她觉得好笑。他看见她时会多么惊奇！她要在陷阱里抓住他，他不可能像每晚逃离于德朗一样逃离他的家。

她斜着朝村子走去。只有几扇窗户还亮着灯

光，但百叶窗都关上了。从房子里间或传出沉重的呼吸声，说明夏夜催人入眠。慕避开有人住的地方，从一座被废弃的房子前经过，那原是一位自缢身亡者的家。她记得很清楚，悲剧是在他们定居于德朗之后不久发生的。她像往常一样，走过这房子时胆战心惊，但是一种比恐惧更强大的诱惑力推动她一直向前。

来到柏树小径时她站住了。房子里亮着灯光。她能稳稳当当地找到乔治了。她有点不好意思亲自跑来，心脏在剧烈地跳动，她听见它在太阳穴上，在全身跳动，感到难受。

有一分钟，她眼前闪过母亲的形象，她正在佩克雷斯家那间大客房里睡觉哩。慕一想得到快乐就害怕，一想到自己遮遮掩掩就感到几分厌恶。

明天，如果母亲知道了，那明天会怎样？她停住不动，极力想象母亲那张怒气冲冲的、变得丑陋与可怕的面孔。但她试图吓唬自己也白费力气。母亲在睡眠中始终保持战败者那种谦卑和疲乏的神色，慕也不能把她想成别的样子，即气急败坏的样子。

“她不会知道我来这里的，她怎么会知道呢？这才是惟一重要的……”

她想到她的兄弟们，他们和她一样也在“追逐”。塔内朗说得对，她感到自己和他们一样。在此以前她模糊地预感到这种相似，今天却得到了证实。她认为对乔治不再怀着爱情，而是怀着一种卑鄙的、不可告人的感情。

无限风光明晰地展现在她面前，什么也不能阻止她的追逐。宽大的自由仿佛是一种劝诱。此时，一段时期以来，所有的障碍在她面前纷纷倒塌，她看到了这一点。就连雅克也不敢再反对她，她不是已经控制乔治了吗？

从院里传来马的踏步声，她明白乔治要出门了。她用手心在凸凹不平的门上滑动，轻轻地叩门。房间里响起脚步声，乔治出现了。

“您要去塞穆瓦克？”

“不，我正打算去看您。您怎么能……”

她不作答，他立刻明白她这么晚跑来是为了什么。

目的地到了，她对随之而来的事就不会在乎了。

她站在房子最深处，靠近空空的壁炉。一张小桌子上有一盏昏暗的灯。她环顾四周，仿佛什么也认不出来，只想逃走。这时他轻轻地拉她的手臂，让她跌坐在安乐椅里。她随他这样做，一言不发，接着又再次观察这个套间。

在她右手有一张边沿破损的、窄窄的长沙发，上面堆着从书架上滑落下来的书籍，这些纸角折断的旧书大概被一而再、再而三地读过。像英国别墅一样，室中有一个楼梯，一部分天花板比别处低，那多半是卧室。几件互不协调但质量上乘的家具使这间住所显得出人意料的阔气。但每件东西似乎都是由于本身的美而不是由于整体考虑而被挑选的。

乔治背靠在大门上。他什么也不说，凝视着大大方方来找他的这位姑娘，似乎在用目光拥抱她整个人。微弱的灯光使他更显高大。他的衬衣微微敞开。他尽力保持镇定，急促地呼吸。他那两只靠得稍近的深色眼睛和宽大的前额使他的面孔显得固执。

“我把马拉回去，一会儿就回来。”他说。

她温柔地回答说他不必为她麻烦。从他盯住她的眼光，她明白他给她时间，如果她想逃走还来得及。但是他一走出去，她又像刚才一样急于见到他。马匹从墙边过。然后是深深的寂静，这时她紧张地拧着两只手，用苦恼的声音重复说：“他会做什么呢，那他会做什么呢？”

他一回来她就平静了下来。他在长沙发上坐下，背着两手。她预感到他仍然让她完全自由地决定他们的命运，但这最后的体贴使她生气。

“我来是因为我受够了，”她突然说，“今天他们又叫我无法忍受。”

“这我知道。”

“我们下个星期走，您不知道吧？”

他不动声色。下个星期，他突然感到自己有

力量改变事件的进程……

“我表示怀疑。”他喃喃地说。

他知道什么？她猜疑地盯着他。

“那位可怜的布里奥尔，您知道他使了多大劲来逗他们高兴，可真艰难。离奇的是人们费尽心机来讨他们喜欢，而……”

她说到家里人时，总是被自己的话迷住。

“而他们一文不值，是些无足轻重的人，您知道吗，人们称作的无足轻重……”

她一面说一面做激烈的手势。他似乎并不惊讶她远道而来竟为了告诉她这些事。

自从那件事以后，他们在于德朗也不停地谈论雅克，但今天晚上她似乎在重复一门没有学好的功课。（如果说他们怨恨雅克，他们可没有背叛他，而且被动地参与了村民们对佩克雷斯一家不公正的贬责。）

“别说了，亲爱的。冷静点。”乔治说。

她一进门就明白了：乔治的不快，他固执地想离开她的意图都神秘消失了。一场风暴掠过这个男人，现在他在她面前十分冷静。他试图用三言两语来抚慰她，虽然他不认为她的确在生气。

为了避免这种处境，他曾斗争过，然而自从他自认失败，他便感谢她的胜利，他变得温柔了，充满了信赖与感激，这一点在他的眼神、慵懒的声音和握紧的双手中流露了出来。

“我没有料到你会来。”乔治说，“每天，我从早上起就在耐心等，等待晚上与你见面的那一刻。”

他突然以“你”相称，更将她与他绑在一起。此后他们完全相互理解。只要简单地表示一个姿势——不必完成；只要用最通常的言词——不必说完；他们就能相互理解。一种充满含意的可爱的沉默开始成为可能。他们不再是两个人了。

他突然站起来。她猜到他将走近她。尽管这一刻十分短促，她忍受不了他的逼近。刹那间，她又与他分离了，廉耻之心全部卷土重来，明智的自卫本能令她害怕。她闭上眼睛。她刚来得及听见内心的哀求——哀求她要软弱——就顺从了这个声音，终于脱离了自己的意志，就像是被风从树上吹落和吹走的树叶，最终完成了死亡的欲望。

她醒来时，微弱的、艰难的白昼开始出现。对了，他们忘了关上木窗。

最初，她待了好一会儿，仿佛动不了，连一个动作也做不了。她感觉被褥之间自己赤裸的身体，她不再害羞，这身体像她的面孔一样成了活生生的形式。在此以前她一直不快乐，她认为这个身体永远如此：她可以命令它做一切事，例如将她抬到室外、笑、安慰她，或者流出畅快的眼泪……

但这天早上，她的呆滞的肉体与精神处于深深的和谐之中。这种默契中没有任何强制性，她十分冷静地思考激烈的事情。

乔治睡在她身旁。他用赤裸的双臂枕着头，

头发从臂膀下露出来，那样子很美，棕色的前臂上留着印迹，暴晒的痕迹和游泳、打猎及冒险所留下的种种痕迹和伤疤。他在熟睡，像孩童一样自信而宁静。

慕觉得他既充满了力量又天真无邪。他抗拒过。现在他躺在她旁边，十分从容。

在这件事以后，他们将如何相处呢？她避免去触摸他，只是看着他睡。但她很想紧靠着他，再次睡去，再次在他身旁慢慢失去知觉，如果他不动，不向她提问的话。

她难以自抑地伸手摸他的肩头，想将他稍稍带回到现实，但相反她自己仿佛再次飘浮在梦幻中。他没有动。

他还爱她吗？她飘在他睡眠的表层，像讨厌的苍蝇一样轻盈和恼人。他猜到她在那里，在他身旁，因为他低声哼哼，喃喃说了些听不清的话，然后又沉沉睡去。

她的难受只能由她独自承担了。

现在天几乎亮了。她起床穿衣。完成这第一

个动作后，她急于结束这件事。

她毫无困难地走了出来，因为在头天晚上的匆忙中，他们没顾得上关门窗。小路显得很长，她在颤抖，腰部的刺痛使她没法跑。

在离开柏树小径那一刻，她回转身瞧着乔治的房子。在曙光中它显得暗淡。她是在做梦吗？她好像看见一个人影猛然从小路上闪开。

她排除了立刻产生的怀疑，仿佛这是凶兆，应该不去想它，驱散它。

她看到于德朗时，情不自禁地露出奇怪的微笑。

她在镜子里看到自己脸色苍白，两眼无神。她脱下衣服，看到自己身体的美。她刚意识到这种美，既为此自豪也为此惆怅。关于这个，乔治和她讲了不少话，某些片断浮上了她的脑际。她试图重新体验话中的热情与真诚，但是枉然。

她无法整理思想。她很快就什么也不再想了，除了想母亲，母亲过一会儿就可能来于德朗。

她的确并无不安。

“呵！这一切都是傻事，傻事……”

腰部在疼痛，灼热的感觉与记忆中的做爱相似。

她钻进冰冷的毯子，立刻变得麻木，沉入昏昏然的、没有梦的睡眠中。

第二天傍晚慕才回到佩克雷斯家。一进门她就发觉饭厅里谁也不说话。人们似乎没注意到她来，大家都在操心同一件事。

男邻居本人给她递过一把椅子，然后又回到火边恢复一动不动的姿势，周围是他的狗。

塔内朗太太不在那里。母亲的缺席使慕感到惊讶，因为惯例的晚餐时间已过，但谁也没有注意……

慕心中升起一种受到抑制的恐惧。她到佩克雷斯家里来干什么？莫非她不该一大早就跑掉而应该留在乔治·迪里厄那里？……

她坐了下来，看上去很平静。

躺在冷壁炉附近的那两头长鬈毛猎狗不时地

使劲抓搔胁部。慕想起母亲一闻到猎狗的气味就恶心，每晚她一定要求稍稍开窗。（今天晚上，母亲不在，窗子是关着的。）

透过玻璃窗可以看到远处的迪奥尔河，它冒着像荆棘火一样的雾气，将有益的湿气散布到整个河谷，仿佛它整个白天在小心翼翼地节省水气，到了黄昏才喷泄出来。

佩克雷斯家的儿子靠窗坐着，他瞧着风景却视而不见，不停地将大眼珠转向慕，表示她的冷漠令他痛苦。

雅克·格朗和亨利·塔内朗都无所事事地坐着，彼此挨得很近。

过了一会儿，慕走近弟弟：

“出什么事了？你能告诉我妈妈在哪里吗？”

亨利转头瞧她，眼神中流露出怒气，紧紧抿着的嘴表达出生硬的愤慨，而雅克似乎在等着妹妹走近他。像弹子一样又圆又硬的肌肉在他凹陷的脸颊上跳动。他的嘴唇紧贴着牙齿所以显得苍白，从半闭的眼睛中漏出倒霉时刻的呆滞眼神。

他交叉着两腿，一只脚在狂怒地敲着地板。

佩克雷斯大妈高兴异常，从她的神气，从她曲折地穿过饭厅的姿势，可以猜到她难以掩饰的满意。在这间一直沉闷寂静的屋子里，至少她是很自在的。她轻轻地从这个人走到那个人面前，轮流与他们打招呼。她的南方口音一向令人不快，这时却变得抑扬，使声音显得意想不到的美妙。她用姿势和眼神讨好他们，时而对儿子说：

“让，亲爱的，你要让母亲高兴就笑一笑。”时而对亨利·塔内朗说：

“拿起报纸，告诉我们发生了什么事。可怜的让此刻不会这样做的。呵！让。呵！让……”

谁也不屑于回答她，因为，不论怎样，她的虚伪逃不过他们的眼睛，令他们恶心。

慕说话了，眼睛一直盯着他们，再一次问母亲在哪里。时间过去了，但母亲还没有出现，而通常她很早就从租佃屋过来了。

回答姑娘的是一片顽固的沉静。他们显然不愿和她说话，他们的态度如此明确以致她感到害怕。她仿佛突然明白了他们生气的缘由，感到一阵羞愧和沮丧。看到自己恐惧的事成为现实，这种挥之不去的念头使她退却，仿佛面对的是一个飞速迎来的障碍。然而，她以为自己明白了，却立刻跌入怀疑之中。她本想向他们提一个问题来弄清楚，但什么也想不出来。他们早就对她怒火万丈，不会听她讲的。她明白，所以最好是不说话。

但佩克雷斯大妈不再克制急躁情绪。她朝慕低下头，面对面地低声说：

“您妈妈在哪里？可她在找您，她这个可怜人！她肯定很累。最近以来她已经支持不住了。因为您一整天没有露面，格朗小姐……”

她在估计这些话的效果，又继续说，好巧妙地使慕既羞愧又后悔：

“她甚至不会很快回来……中午她就出去了。”

慕避开佩克雷斯大妈，两只手臂发硬，作自己的姿势，但那女人直直地打量她，而她却闭上眼睛……她突然想起当她从乔治家出来时看到的那个穿越柏树小径的黑影。那个身影不是像佩克雷斯大妈一样圆滚滚的、灰白色的吗？……难道说在这个女人和慕此刻所经受的噩梦之间有必然的联系？她回忆起在里奥多尔河附近闲逛的这个白天。她怎么没有预感到那时他们一直在一起，一心要抓住她的过错。这一切她母亲大概不知道。但他们知道自己在做什么。对雅克而言，他需要解解闷，需要让她为那天晚上她在巴尔克旅馆的放肆态度付出代价。

佩克雷斯大妈和雅克居然同心协力来找她的错，这是万万想不到的！雅克多么无耻！他居然与佩克雷斯大妈联手，而他曾在两件事上欺骗了大妈，一是否认对那位姑娘的自杀负有一部分责任，二是鼓动母亲最终离开于德朗。实际上是他抓住任何借口来打击慕，他很高兴慕提供了这么恰当的借口。在此以前，他的确犹豫地不敢使用十分微妙的论证来反对她，因为那也会损伤他自己。自巴尔克旅馆那件事以来，他无精打采，在哪里都不自在。他感到孤独，必须另有一个人也做了应受谴责的事才能使他摆脱自己的困扰……

哥哥知道了。慕觉得完了，想逃走。

正在这时出现了意外的情况，将他们的愤怒一扫而光。从于德朗高处刚传来一个低哑无力的声音，它仿佛怕人听见，它立刻引起了寂静。

“佩克—雷斯—太太！”

这声沉重的呼唤使他们聚集起来，他们感到自己无足轻重，怨恨在刹那间烟消云散。

“佩克—雷斯—太太！”

现在只有佩克雷斯太太仍然享受自己的成果，但她的脸也变得苍白，微笑一点点地从脸上消失。

狗立了起来，竖起了耳朵。

声音消失后，雅克只是笨拙地耸耸肩。他再不敢看任何人或回答这声召唤。

声音更近了：

“我的女儿在哪里，她在哪里，老天呵？”

每次响过以后，声音又回归黑夜，就像浪涛回归大海，留下它的痕迹——潮湿的边缘。当声音已经停止时，你还觉得它继续响在耳旁。

对他们来说，这是多大的失败！他们听任母亲去寻找而没有宽慰她，但母亲对他们命运的关心似乎令他们惊愕。他们意识到自己的愚蠢行为，但谁也没有胆量面对这不带丝毫愤怒的抱怨。

“我亲爱的慕！我的孩子！”

突然间，亨利·塔内朗张开了嘴，仿佛是想听清楚的聋人。他怯怯地说：

“应该回答她。本该通知她的……我……”

然而他不敢按自己的建议去做，始终坐在椅子上一动不动。

慕没有动弹。她明白母亲呼唤了好几个小时，一面沿着大路，穿过田野，顺着迪奥尔河边寻找。

很快，那个走在这些路上、陷进茂密潮湿的草丛沿着铁轨寻找的人将是她，是慕……酷暑和疲劳最终战胜了塔内朗太太，还有，最后使她招架不住的是黄昏的来临，沿河的跋涉，从迪奥尔河升上的迷雾……此时她才开始盲目地呼唤。也许她们曾经擦肩而过？彼此没有看见？彼此没有认出来？慕异常清醒地追溯母亲的苦难，无法摆脱她发现的这个景象。

声音又起，时而气喘吁吁，时而充满了尽情发挥的柔情：

“我亲爱的慕！我的孩子！”

慕愣在那里，不再有其他恐惧，只是怕感到自己活着。她仿佛在目睹自己的死亡。

很快，她仍然在这几堵白墙之间，这四张不变的面孔中间，但她也在别处，在黑夜中，在母亲身边。为什么母亲继续在叫？为什么？既然她已和母亲在一起。她亲吻母亲，依偎在母亲怀里，与母亲连成一体，往回走……

声音突然出现在院子里。

慕掩住耳朵不听，接着吼叫了一声。顷刻间一切声音都消失了。猎狗叫了起来。慕倒下了。在昏迷中她还听见狗叫，但声音很远，仿佛她已慢慢地沉入死亡。

她醒来时躺在母亲床上，在上面，在佩克雷斯家那间漂亮的大房间里。房里还相当黑。床头柜上有一盏用报纸罩着的小灯，灯光昏暗。慕发现自己和衣躺着，人们只脱掉了她的鞋。

她感到平静，但尽量什么也不去想，预感到当一清楚意识到自己的处境，她又会神经紧张的。

玻璃窗外的天空呈湛蓝色，与房间的阴暗形成对比。灰色的云向东掠过天空，地平线像大海一样一望无际。相当强烈的风吹着花园里的树木，树梢在摇动。一场夏季的风暴可能正在形成，很快就会下一阵热雨，但是到了明天，仍然会像往常一样晴空万里。

起床的时候，慕两腿无力，头脑发懵，不得不背靠着床。她全身颤抖，感到极度虚弱。

她一开门，迎面而来的是佩克雷斯家的话语声，她赶紧后退。

她迟疑地由一扇窗走到另一扇窗，表面看上去在作深刻的思考，实际上什么也没有想，她不明白为什么会如此突然、如此可怕地惶惶不安。

很快，天完全黑了下来。除了风声以外一片寂静。月亮在不知不觉间升上了天空，与地上的骚动，与山谷里狂暴的风雨毫无关联。

慕忽然觉得无法克服自己的苦恼。她像溺水者顺流而下，听其自然。从半开的门外传来持续的谈话声，她只听懂几个孤立的字。

不可能有任何幻想。塔内朗太太现在知道了女儿曾离家出走。

但当母亲对慕的命运一感到放心，她就尽情发泄怒气，所有的人都敬而远之。

慕转过头看那盏灯，一张报纸遮住了它耀眼的亮光。

“他们不敢马上告诉她。”她想。

极度的孤独感使她更痛苦。

她突然听见有人穿着木鞋顺着墙边走。坚实的土地上响起了脚步声，使她稍稍安心，因为它本身就证明令人安心的平凡生活仍在继续。

笨重的谷仓门嘎吱响了，关门时的强烈振动震撼了整座房屋。

“大概是九点钟了，佩克雷斯老爹在关他的谷仓。”她喃喃说。

她突然明白要下楼就得赶快，不然他们会锁上大门，她就会被关在里面，一直到明天。这个念头增添了她的苦恼。

“他们不会让我从这里出去的，不管是今天夜里还是明天，还是永远……”

她的痛苦被这种动物性的恐惧掩盖了，她害怕在这里与他们关在一起。她闭着嘴，紧抿着嘴唇呻吟起来，抑制不住的声音从她唇间流出，声音如此轻微，真以为她在哼歌。但她现在不断地做速算：走大门，想都不该想，走道的门呢？

她知道那门实际上已被封死。窗户？很高。她俯出身子，后退了。

她厌恶再次和家人在一起，这种厌恶使她头脑完全清醒。“只有下楼了。”她自言自语，镇定地下了决心。

当然，她再不能以过去的高傲来与他们对抗！她首先希望躲开他们，避免和他们有令人恶心的亲密关系，因为一旦他们消了气，可能还会要她维持这种关系。

作出决定以后，她凭倚在窗口待了一会儿。情人的形象又浮现了出来，清晰而固定。她不想再见他，预感到这也于事无补。她对人的憎恶也扩及到他。他对她此刻的感受一无所知，因此在她眼中的地位有所下降，而她不作任何努力来克服这种错误的感情。

对曾有过的做爱的乐趣，她记不太清楚，因为只有记忆力在勉强去回忆。她曾抱有多么大的幻想！

她想象得知此事时的迪里厄，甚至能辨识出

他不安的表情。如果说最初几天他很诚恳，那么，为她辩解会使他很快感到厌烦，厌烦会吞食他的爱情，最后只剩下表象。

她机械地关上窗，情人的形象立刻消失，她刚才的回忆也是枉然。

她摸索着走下楼梯，在厨房门后站住。为了鼓励自己开门，她不断对自己说："这一切只是小事一桩……过一段时间人们就不再谈论它了。"

突然间，她来到了那间房里。立刻一片沉默，沉默扑向她，使她张皇失措。光线很强，她本能地用手遮住眼睛。

他们在餐桌一旁坐着，显然已经吃完了晚饭。她没有注视雅克，但觉察到他手里正揉着面包心玩，将它扔进火里。在他身旁的塔内朗太太大概正摆出儿女们所熟悉的"死人面孔"。

佩克雷斯太太首先说话：

"您来吃点东西，格朗小姐……"

小女仆去取来了一个盘子放在餐桌边上，接着她往炉灶里添点柴火。

慕慢慢移到壁炉旁，靠在那里，面向炉膛，避免看他们。每个人都保持沉默，它越来越久，越来越难以忍受，就像遇险船只里不停上涨的水。一个字就能使他们大发雷霆，使这种极端的静默爆裂出来。慕真想消失在那一小摊阴影中，缩小成自己的影子，化为零。

她机械地试图抚摸身旁的那条猎狗，但猎狗低声吠叫，她紧张得涨红了脸，不知所措，仿佛对狗的失败使她在他们面前更丢脸。

“来吧，来，饭好了，”佩克雷斯大妈说，“来吧，来，格朗小姐……”

慕仍然不动，瞧着椭圆形的白餐桌在吊灯的强光下闪亮，然后看看空着的椅子和桌上那冒着热气的盘子。两只握着拳的、抖动的手在轻轻敲着餐桌，一模一样的骨骼和宽宽的手心，特别是翻过来的有特点的拇指，那是暴力的标记，她也有这个标记。他们的脸被罩在灯罩的低矮阴影里，她看不见。

佩克雷斯大妈将她推到桌前，于是她面对着

菜盘。

他们怀着对一切丑行的好奇心，无情地死死盯着她，盯着她的一举一动，窥视她有什么欠缺，以致吃饭这个简单的动作需要她做极大的努力，有时她真控制不了自己的手臂，它不折不扣地瘫痪了。

她豁出命来都可以，只要能听他们说话，只说一句话来揭示他们生气的缘由。她很清楚他们喜欢走复杂的路，以致迷失方向……

在邻近厨房的谷仓里，牲口捣着褥草，在空食槽里乱翻。这个熟悉的声音使慕有几分吃惊，因为它里面透着平和与习惯。

让·佩克雷斯突然站起来走了出去。他母亲假装知趣地模仿他，仿佛也要走，但又犹豫不决。

“您可以留下来，佩克雷斯太太，您知道……”

塔内朗太太的声音。声音里有某种轻蔑，流露出的不只是厌倦，而是一种深深的气馁，一切都沉入气馁之中，像麦秆一样被烧掉。

至于慕，她只能傻傻地死盯着盘子。

“你在干什么？你以为我们要做的只是待在这里等你？”

这个巧妙地一抑一扬的声音是雅克的声音。慕不动弹。

女仆已经去睡觉了，佩克雷斯大妈做出站起来收拾餐具的样子，以假装对这件事处之泰然。

何况他们的不和已经爆发出来了，十分强烈，使她感到很高兴，这个可耻的女人，既然她引发了这场冲突，现在可以轻松地避开了。

“您还是坐着吧，佩克雷斯大妈。慕，你收拾餐具吧。”

姑娘心中升起了巨大的希望，她听出了母亲有时对她采用的那种亲切的责怪口气。

慕什么也没有说，走向洗碗槽。雅克紧随其后。她听见就在背后有他短促的呼吸声。他会抓住什么借口？最卑鄙的借口，最庸俗的，最可笑的，最可耻的……

“哼，你愿意洗自己的盘子了？你东躲西躲，我可得教训教训你。你什么都不做，还想法到处跑……我不能再让你这样了……”

慕克制自己，不说也不动。她两只手上的盘子，她突然看不见它的原样了，看见的只是一只破碎的、染上鲜血的盘子，一张脸从盘子中央穿过来，就像从纸中穿过来的丑角面孔一样。

“雅克，让她去吧，这惩罚足够了。”

但他正在兴头上，不可能停下：

“总是让她去！一想到我们大家对她的宽容，信任……你想知道一件事吗？我向你瞒着这件事，因为我可怜她。”

他郑重其事地向母亲伸出双臂。

“我不愿意说这事，你知道……你还记得吗？在米丽埃尔去世的时候，那些钱？”

他停住了，总算摆脱了对妹妹的责任，尽管是小小的责任。塔内朗太太呆若木鸡。慕很快估计出与门口的距离，她将顺着墙过去，掀起门闩……在冲过去以前，她动用全部的理智说：

“别信他的话，我用手镯借了三百五十法郎。你瞧，我没有手镯了……”

她举起光秃秃的手臂，偷偷地朝门口溜去。

雅克像疯子一样叫了起来：

“这不是真的，她在说谎！”

但是慕已经到了外面。她快步跑下小路，连石子都在她脚下飞了起来。她来到迪奥尔河附近的山谷，停了下来。在山坡上，有人在大声辱骂。开着的门在田野上勾勒出一个明亮的大方形。有好几个声音与雅克的声音掺合在一起。佩克雷斯大妈在叫她的名字，那响亮而拖长的声音就像她傍晚时召唤狗时一样。然后是亨利的声音。

“喂！慕！来吧！来睡觉吧！你不来妈妈也睡不着。这你清楚，可是……”

慕绷得紧紧的，咬着嘴唇不回答，默默地摇头拒绝。最初的眼泪终于溢出眼眶。她很快就发现坡上那个明亮的方块已经消失。

她在河边躺下，一只手枕着头，另一只手在河水里玩，水从她的手指间流过，发出一种微弱的、跳跃性的音乐。

河水很冷，过了一会儿慕的手指都麻木了，她抽回手放在茂盛的草上，草却显得温和。

在河边的一片寂静中，她听见自己的啜泣声。一分钟以后，她想弯腿，感到很疼，她想站起来，也很疼，于是她小心翼翼地将四肢缩回到曲成一团的身体旁边，这样就舒服些，她仿佛在怜惜自己。

虽然是在五月份，迪奥尔河这一带凹地里还很不暖和，土地在夜里变得像湿海绵一样软软的。她的衣裙和内衣都贴在皮肤上，只有当她从静止状态中出来时寒冷才猛然渗透她，使她战栗。她并不忧愁，而是疲乏，疲乏因寒冷而变得痛苦。

很快就下起了暴风雨的头几滴。应该回去了。她莫名其妙地、固执地想到她从昏迷中醒来时发现自己躺着的那张床。

她在于德朗的卧室是开着的吗？她能去乔治·迪里厄那里吗？不能，绝对不能回到他那里，他会作错误的理解……

去租佃地？敲敲木窗将租佃户的女儿唤醒？那会麻烦这些仆人们来接待她，而且编造借口也是她做不到的。

这样说来，黑夜是惟一的避难所，直至天明。

她一分钟也没有想到回佩克雷斯家。这种可能性现在似乎根本不存在，她连想都不想。

在她身旁，年轻的迪奥尔河像雄性一样从忠诚的两岸中间流过。她只需要翻个身便会立刻被抓住，被卷走。然而她根本没想到这个，谁向她谈起自杀会使她十分吃惊，因为，在绝望中她根本不考虑任何勇敢行动。她艰难地站了起来，爬上铁路的小坡。雨点使她什么也看不清。她弓身摸着湿土块，踉踉跄跄地往前赶，穿过了铁轨，然后是大路。有一刻，一根明亮的光柱照着她，随后又很快在发动机的声音中消失。她没有直起腰，继续朝于德朗爬过去。

在爬上花园斜坡的小径时，她似乎觉察到房子四周有什么人。她放心大胆地继续往前，在紧闭的门前停下来，说道："我早就知道，今天下午他们锁上了门不让我回来。"

她试着转动门把，但是徒劳。她靠在门上，开始用整个身体撞门。每撞一下就等片刻，尽管她知道不会有人回答而且她的顽强举动又是多么愚蠢。

突然，不知从什么地方响起了一个名字，响起了一个惟恐吓坏她的声音。

她停住并回答，声音并不太惊慌。因注意力集中而呆住的脸上流露出模糊的不安。

"慕，你在那里干什么？你疯了吗？我等了你整整一天。今天早上，你像小偷一样溜走……"

乔治·迪里厄。他在笑，高兴找到了她，但

她严肃地瞧着他，不明白他为什么在那里。

“呵！你在这儿。幸好！我没有料到是你，你知道。”

在手电筒的微光下，他看到她面色苍白，眼神里露出极端的疲乏。他立刻就不笑了。

她去缩在门边，仿佛用姿态来表达自己再无力说出的话语。他感到局促，这不是她平时的态度。

“你要干什么？说话呀！”

“听我说，乔治。我要你打开这扇门。我保证明天对你解释一切，现在你打开门吧。他们把它关上了，而我想睡觉。”

他用力晃动门，但打不开。

“你看这开不了。”他摇着头说，“你听着，听我说，最后……”

她做了一个手势让他等等，然后走开了。

他听见她走下小径朝主建筑中荒弃的暖房走去，听见她在厂棚下翻动那几大堆废铁和木头。他待在那里，不能违抗她的吩咐。

很晚了。她还在外面干什么？这难道不清楚吗？他以为她刚才和好伙伴在一起玩。也许是让？……

他突然想走掉。他想起头天晚上她大大方方地主动送上门来，便感到幻想破灭的痛苦。

何况她似乎不太在乎他。她一直不上来，他想她可能在黑暗里摸索。突然他记起租佃户在废铁上堆了一些木柴，他担心柴堆已经倒塌在她头上，她在柴堆下挣扎，于是他奔向楼梯。在手电筒微弱的光亮下，他看见她上来，手里拿着一根铁棒。

“来，用这个！”

乔治将铁棒插进两扇门之间的缝隙里，门咣当一声开了，在空空的房间里引起长长的回响。在强光下看她时，他注意到她已面目全非，面部表情产生了突然的变化。在浮肿的眼皮下，她的灰眼睛几乎消失了，因此容貌本身似乎被毁。她的嘴唇干枯和发白，湿漉漉的头发一绺绺地披散着，潮湿的衣裙上有一个大泥渍，这一切使她完全变了样。

他对她的感情无法绕过这个困难。他甚至不试图去理解，站在她面前一动不动。

她躺下，将被单一直拉到颏下，这个既稚气又自私的动作使她最终排解了忧虑。她半闭着眼睛请他帮点忙。他拉上厚重的窗帘，将床头柜上的小油灯点燃，于是房间沐浴在一种颤抖的微光中。

最后他在小圆桌旁坐了下来，像头天晚上慕在他家那样，他仔细观察这个地方，机械地瞧着奢侈的忧郁的装饰。她通常是在饭厅里接待他的。在床的天盖上，在石榴红的窗帘上，到处都可以看见厚厚的灰尘。

她不再说话。她的呼吸很有规律，以致他以为她睡着了，但突然间这个睡眠对他意味着全部的邪恶人性。她在逃避他的问题。

“慕，你总有什么事要告诉我吧？”

她痛苦地伸展四肢，但在微笑，这初步的睡眠已使她恢复了精神。

“我担保是佩克雷斯大妈，今早我从你家出来时看见她在小径的尽头……”

他一下子站了起来，用简短干脆的声音提问，催她回答：

“你是几点钟走的?

“他们是怎样让你明白？……”

他并不等待对这些问题的回答。随着他的提问，他终于猜到她向他隐瞒了什么。接着他用温和下来的语气问：

“你逃跑了，嗯？”

她不作声，转过脸去，将脸埋进了枕头。

他站在床尾，瞧着她睡觉，他弯着长长的身躯以便更好地观察她。她似乎透过睫毛在嘲讽地窥视他，小灯的微光将她的睫毛一直投影到她的脸颊上。他从未想到一张熟睡的脸会如此生动感人。一想到她昨晚整夜睡在他身旁，他感到困惑，仿佛并不认识她。

几个星期以来，她就奔向这场灾难，可是他呢，他做了什么事以致她甚至不再和他说话？因此，自然而然地他要避开。

有时一股穿堂风从没有关紧的门吹进来，使房屋转凉。慕在床上翻来覆去，时而微笑，低声说些模糊不清的字眼。

乔治第一次厌倦地想到明天。他精确地估量帕达尔人和佩克雷斯大妈攻击慕的交叉火力是多么猛烈，他想逃避。

田野和花园里仍是一片深深的宁静。乔治突然害怕天一亮人们会看到他在那里，便离去了。冰冷的空气中散发着植物的气味，他深深地呼吸，猛然又产生了自由的感觉。他不是有点可笑吗？他会和这家人有麻烦的，不过雅克会照顾他，这对雅克有好处……事情会有助于他。塔内朗一家很快会离开。于德朗将被卖掉。慕将消失。

然而，刹那间，他希望在他们离去以前她再出现一次。

这是明媚的一天。慕整理了一下衣着，洗去衣裙上的泥渍，梳理了头发。一走出房子热气就扑向她，她感到舒服。

在去租佃屋的路上，树木勾勒出圆圆的但已经缩短的阴影。时间大概已近正午。

小路两旁是一连串的地势起伏，位于于德朗高原中央的那条水果小径是这地势的中央脊柱。慕渐渐地发现这番景色。

在她眼前，弯曲的路将于德朗的老屋挡住了一半。老屋太大了，几乎无法使用，在长长的、赤裸的墙上，每隔一段距离就有规律地排列着带百叶窗的高高的窗户。这些墙现在不再笔直，屋顶也不平整，真仿佛房子受到某种内力的压挤而它始终在抵抗。其实它仍然十分结实。它是被帕达尔的富裕农民修建的，它身上凝聚了农民的全部耐心和节俭。在帕达尔有人说在十七世纪末期曾经有五兄妹为盖这座房子出过钱。很久以后，一位资产者买下了它，并在它周围修了一座大花园。

如今农民们取笑于德朗，因为它从来没有落入可靠的人手里。他们想要的是房子周围的土地，因为，经过几百年，他们在不知不觉中变得只对能结果实的财富感兴趣。“我问问您有谁愿意去那里住！它容得下十家人。土地还算可以！可是那座房子，在本地是找不到买主的……”

只有佩克雷斯大妈想把儿子安顿在那里，她认为在塞穆瓦克和帕达尔没有什么配得上这只雄鹰。

租佃人的妻子看见了慕，讨好地迎了上来。戴德大妈长着棕发，还算年轻，面孔清秀发亮，颧骨部位是纵横交错、深色的细小静脉。十年来她老了也瘦了许多。手臂上松塌塌的皮肤像过熟的水果，她一说话脖子上就出现丝一般的细纹。

她看见慕在如此不平常的时刻出现感到几分吃惊，但克制了自己的好奇心……

“您来喝点什么吧，慕小姐？”

“太好了，戴德太太。给我现成的。”

慕克制不住地涨红了脸。那女人端来一杯牛奶咖啡，高兴地看到她满意地一饮而尽。她一边做自己的事，一边偷偷看着慕。慕还是孩童时，她就认识慕，并且喜欢慕，虽然这姑娘也许并不真正讨她高兴。她更喜欢亨利，因为她看着他出生，并同时给自己的女儿和他喂奶。

“这是什么声音？”慕问道，“是牲口吗？”

“是的，女儿去做弥撒了，天气这么好，牲口急着出来呢。”

接着，她用十分自然的语气说：

“对了，昨天太太好像在找您。可怜的人看上去很不安。我跟她说，不该这样。现在太太她很神经质！”

“这是因为我哥哥改变了主意。”慕突然

说，“他不准备留下来。您不知道吧？您明白妈妈为此很烦恼，因为最近为这件事花了那么多钱……我哩，我认为现在该卖出去。”

“我不敢随便说，小姐，可是太太缺少威信。您以为她意识不到吗？还有那些在塞穆瓦克待运的家具？人们讲的事真让我们这些人难过……佩克雷斯大妈来对戴德说是她为家具付了钱，她不要把它们运来。要是她这话只对我们说……但她用尽一切办法来伤害你们。我觉得她这人奇怪，因为她很聪明，放你们走对她也不利。”

慕已经喝完了，但没有离去。农妇注意到她不停地朝佩克雷斯家的方向看。慕认为不必向她解释自己为什么不去做弥撒。她害怕家人经过这里去做弥撒。

农妇出去了一会儿，提着一大桶水回来，将水倒进锅里。

“咦，女儿已经做完早弥撒回来了！”

她仿佛在沉思，用高兴的语气说出她想表达

的精确语言：

“我忘记告诉您了，慕小姐，您的朋友路易丝·里维埃正在度假。您或许可以去看她。”

慕慢慢地朝门口走去，这时戴德大妈低声对她说：

“您知道，关于吃的，只要您高兴，小姐……”

慕转过身勉强地微笑。农妇猜到了什么事，姑娘感到窘迫。

她决定去看路易丝·里维埃。自从她来到这里，的确没有去看过任何人。在考虑做其他事以前，她可以用这次访问来打发这个下午。戴德大妈说得对。

她来到于德朗草场上俯瞰里奥多尔河斜坡的边沿。她本能地跑了起来，又突然觉得不必这么跑，便放慢了脚步。

里维埃太太的小别墅紧贴着山谷的另一面山坡，并不太吸引慕。

路易丝的母亲在战争中失去了丈夫，她含辛茹苦、十分得体地养育路易丝。当初她是村里惟一与慕·格朗交往的小孩。她每星期四去于德朗，虽然也许并不觉得十分有趣。

关于这个穿着小学生罩衫的、苍白的女孩，慕只有淡淡的记忆。路易丝喜欢田野和四周的草场，喜欢在那里和村里别的孩子一起玩。慕试图用谎话来留住那个上小学的女孩，往她那长着扁平鼻子的脑袋里堆满没完没了的闲话。慕自己只是偶尔跟母亲学习学习，当时还从未上过学。面对于德朗的这个小姑娘，路易丝锁上了心扉，默默无语，两手交叉在背后，等着慕来逗她高兴。下午快结束时，她才勉强同意摇玩具娃娃睡觉，但很紧张，完全是装模作样。回家的时间一到，她就发狂似的逃掉。慕陪女友一直走到里奥多尔河，然后独自上坡往回走，慢慢闲逛到夜里。

与路易丝相见，她并不感到好奇，而只是感到几分局促……

那两位女人刚吃完午饭。里维埃太太在饭厅里忙碌，路易丝一面哼歌，一面在椅子上摇晃。家里整整齐齐、朴素无华，表明这儿只生活着两个女人。里维埃太太突然停住，用毫不惊异的声音说：

“咦！慕来了。”

她将稍含油质的苍白的面颊从手中的那叠盘子上方伸过来。路易丝惊呼了几声，猛然站起来，夸张地表示高兴。尽管脂粉无疑使她显得漂亮，慕仍然能在众人中间认出这张面带病容的小脸来，她的眼睛冷漠，说话时小嘴痉挛。

“戴德大妈告诉我你从波尔多回来了，所以我来了。”慕说。

不等主人邀请，她就跌坐在一张椅子上，用凉凉的光手臂擦拭额头。

“你真好！”路易丝惊呼道，“我正好在想去佩克雷斯家看你呢。你们是住在那里吧？”

她们扯扯家常话。每个话题一下就说完了，在这期间时间过去了，对慕来说天气又热又闷。几只迷路的苍蝇有时飞起来，然后扑倒在玻璃窗上，筋疲力尽。夏天在房屋四周肆虐，它一动不动，由于酷热而几乎呈苍白色。必须等待白天里这个最热的时候，这个暑热高峰过去。慕没有勇气告辞，又因无力逃得更远而感到绝望。

里维埃太太和女儿见她沉默无语有点惊讶地看着她。她们相互递着诧异的眼神。母亲向慕询问塔内朗太太的情况。慕盯着她们两人，观察她们的微笑，那微笑使人想到晴雨表上的“持续的晴天”。她回答说塔内朗太太非常好。

接着她开始对路易丝回忆她们共同的往事。她还记得在于德朗的星期四，郁闷的星期四吗？是的，她变了，当然是漂亮了……

两位女人的话语和笑声从慕的头上飘过去，就仿佛空中飞过鸟群，你不识别它们但它们是风景的一部分。她费劲地去听她们说什么，只能偶尔听进去。

路易丝的轮廓清晰地显现在窗前，她仍在椅子上摇晃。暑热与阳光开始从门帘下透进来，使她两颊发红。她戴的各种各样的首饰耀眼夺目。她引人注目也许正是因为这些装饰品，也许还因为她姣好的身材，它出奇的苗条和柔软，仿佛具有可以用手去捏的弹性。

慕看到这张面孔上恒久的东西，最后也在路易丝身上发现了变化。路易丝无缘无故地显得和蔼可亲，她更虚伪，更会献殷勤。她虚情假意，这在她的举止中已是习以为常了，就像在成熟的女人身上一样。人们感到她具有少女们少有的、成熟的思考力和心计。她还没有结婚，虽然她比慕大两岁，现在是二十二岁，这是因为在这两个村子里很少有在教育程度和财产上对她合适的婚姻对象。她受的教育超过旁人，至于财产则极少，甚至没有。她这么年轻就已经强烈地感到自己在衰老。她被夹在两者之间，一边是宏大的抱负，一边是与抱负不符的绝望。她极端的烦躁，这种两难处境因而变得既悲惨又令人生气。

她想到帕达尔，开始机智巧妙地劝慕陪她去。里维埃太太显然不喜欢她去。路易丝把女友拖出门，简短地对她说：

“我必须去。你来这里是我的好运气。你必须接受……”

慕同意了。路易丝跑着回去，然后又回来，一下子躺在了草地上。她刚得到了许可，十分满意，为快乐的前景而感到无力，既幸福又轻松。

最热的钟点过去了，起了风。

“你明白，慕，在晚祷结束以后。我不能错过散场……你无法猜到……”

慕不追问，不要求她说心里话。她很平静，什么也不想。她用手臂枕着头，躺在那里听。

“你知道，慕。你会很惊讶，但毕竟不会太高兴。你哥哥雅克将在晚祷散场时等我……”

路易丝的脸色变得严肃起来，显出了某种冷酷。

“我无所谓，路易丝，这与我有什么关系？……”

“你知道昨天下午他来过。我正在看牲口。他问我见到你没有……”

她停了一会儿。慕没有回答，她又接着用秘密的口吻说：

“我们聊了聊。他叫我在晚祷散场时来找

他，我们去散步……”

她趴在草地上臆想着自己的乐趣。

慕抬起眼睛，在阳光下也不眨眼。纯蓝的天空中有卷毛云，而且在南边不断地变化。凝视天空时真感到快乐。

仍然是路易丝那微弱的尖嗓子：

“呵！你哥哥，他真好，你知道！……而且，怎么说呢，潇洒！不像此地的男孩，愣头愣脑！……”

“你想对我说什么？”慕问道，“如果是关于迪里厄，你可以明说……”

路易丝傻笑，脸稍稍发红。说实在的，她更关心的是自己的艳情。

“妈妈不相信你那件事，她很喜欢你。我也一样，我知道，但我很理解某些事。我很开放，你知道。另外，人们讲些稀奇古怪的事，关于你们，关于你……”

她没有往下说，慕觉得完全不必鼓励她说下去。

她翻身仰面躺着，眨着眼睛看天空。她们相对无言，两人都在想她们的友谊并不存在，自小时起，而且尽管她们努力培养友谊，它却变成了根本性的反感。

虽然很热，仍然是六月份的好天气。

由于新近下了阵雨，草长得肥沃多汁，空气中有草木液汁的香气。

几只斑鸫低低地在田野上方飞翔，用嗞嗞响的柔软的翅膀与空气摩擦。金翅鸟在里奥多尔河边高高的杨树树顶歌唱，在蓝天中撒满了给人快感的、得意洋洋的音符。另一些鸟鸣声也传了过来，或近或远，或尖刺或抑扬，为数很多，人们必须侧耳倾听才能分辨出一种鸟鸣声。在于德朗林木的包围之下，寂静似乎栖息在这些数不清的小鸟的啾鸣之上。

有时，几阵温风穿过树木的枝叶，很像是奄奄一息的浪涛。

突然间，帕达尔的钟声响了起来。顷刻间没有一个空气微粒不震动，没有一根草、一片叶子不战栗。

慕一动不动，因此路易丝坐了起来，这次表情武断。她突然恼怒起来，撅着嘴叫道：

“怎么样？晚祷的钟响了，可别忘记你答应我的事。要想赶上散场我得马上去。”

“我要是没有来，你怎么办呢？你跑吧，你母亲问起来我会对付的。”慕只是说。

对方犹豫了片刻最后下了决心。但是在离去前对慕提了一个问题，这个问题她一直没有说，惟恐失去慕的帮助。

“你们卖地产是真的吗？”

慕做了一个含糊的姿势。

“是因为你吗？你可以否认，是雅克告诉我这件事的。我告诉你：这里所有的人都站在他一边，他们很了解他。呵！我知道你高傲得要命。”

她挺直身体，直视躺在她脚下的慕。她以前从未如此大胆地表达自己的想法。她现在感到一种强烈的快乐，它比她本身的恶意还强烈。她听着自己讲，在射出每句话以后陶醉地闭上眼睛。

“还有让·佩克雷斯的那位未婚妻？那位被抛弃的可怜姑娘？你以为她是从巴尔克旅馆的阳台上摔进迪奥尔河，这么傻傻地摔下去的吗？没有人保护她，算你运气不错，叫人恶心的运气……”

慕感到路易丝处在愤怒的顶峰，仿佛从高高的阳台上俯瞰自己的受害者。猛然间，路易丝跑开了，离去前徒劳地试图给出漂亮的一击。

“总之，我可怜你，再见！”

她晃着手臂朝帕达尔跑去，一次也没有回头。

慕慢慢眨着眼睛，瞧她离去，再一次看见在天空的背景前她那张迷途的小脸，它在辱骂。

路易丝不在的期间，天色渐渐暗了下来。在里奥多尔河对岸，于德朗租佃屋和帕达尔的烟囱很快就冒出了烟，它们飘忽忽地升上平静的天空，伸长，然后斜着在俯瞰村庄的橡树林上方漫开来。

晚饭时间快到了，星期日就在这个精确的钟点结束，男人们回家就不再出门了。晚祷早已结束，但路易丝还没有回来。

慕在思索暮色中升起的这份温柔为什么使她的心如此难受。

她心不在焉地瞧着童年时生活的这个景色：整整齐齐、像教堂大殿一样高大的、雄伟的冷杉林和像刀片一样伸进草原下部的里奥多尔河。急促而低沉的流水声充满了整个河谷。

慕在想母亲和兄弟将很快去帕达尔，但她所在的地方很远，看不见他们过去。她听见里维埃太太在关大门和木窗。她并没有喊叫，但慕猜到她时不时地来到门口窥视去帕达尔的小路。她没有看见等在下面，等在屋后田野里的慕。

她的事怎么会传开呢？不论路易丝怎么说，慕认为是佩克雷斯大妈向周围的人散布的。她对这个女人十分反感，以至于，相比之下，她突然觉得家里的人具有意想不到的优点。

她确信他们什么也没有说。谈到家里人时连雅克也很谨慎。

一种隐秘的团结将他们牢牢聚合在一起，形成真正的家庭……

不管她做什么，她本人依然是这小圈子的一员。她很想回去，就此结束她愚蠢的漂流，然而执拗将她死钉在地上。何况她也不清楚应该怎么做才能恢复她在家中的地位，用什么方式在雅克和母亲面前保持她的身份。

她将变成怎样？如果没有她在家庭生活中每日遇到的困难，她会不习惯于平静生活的。众人的谴责并不使她害怕。恰恰相反，她认为这谴责是有道理的。此外，冷漠的、古怪的人更使她恐惧。

孤独使她感受很深，它超过了哥哥的恶意和塔内朗的卑鄙本身，因为她能轻易地对付他们的打击。

她本该回到母亲身边，但雅克一定在戒备这个新敌人，因她的错误而振振有词，令人畏惧。

厌恶使她不回去，她厌恶哥哥，厌恶他如今掌握的反对她的正确理由。

这个男人在他们的家庭圈子里占有怎样的地位，日益具有统治性的地位！自从离开巴黎以来，慕对他不再胆战心惊，而是更冷静地判断他。很难想象这个老孩子有一天将如何离开他母亲，离开他的家庭，这个家庭确定了他的位置，对他关怀备至，推崇备至。而在别处他的确容易被别人吓倒，毫无胆量。

慕每当想起雅克时，很难不感到反感。在她的记忆中，她没有一次敢于正面看他，没有一次单独和他在一起而不发抖的。

他呢，并没有发觉妹妹对他的厌恶。他发完脾气后愿意去找她，这种使人无法生气的健忘，这种我行我素的自我满足比他的辱骂更使慕恼怒。

自从雅克的妻子死后，兄妹之间的敌意日益加深，但就某种意义上说，他们的生活倒变得容易了。雅克始终没有归还那笔钱，慕也从来不提，这事使雅克想起来就生气，仿佛是她不可饶恕的错误。就在昨天傍晚，他理屈词穷时，还提出了这个借口，他不能忍受慕在任何事情上向他炫耀。

在这以前，似乎没有任何借口足以证明为什么会爆发日益强烈的仇恨。再者他们也不惜寻找何等疯狂的借口以发泄毫无缘由的怨恨。这种怨恨在他们眼中成为半虚幻的，想象的，他们几乎习以为常，就好比对一种可怕而方便的假定习以为常，它不打扰你，因为没有任何东西迫使你去仔细地审视它。

慕有点埋怨自己用毫无意义的举动打破了她和雅克之间的平静。

路易丝独自一人从帕达尔回来，慕从她的姿态上看出发生了糟糕的事。她朝慕走来，坚决和玩世不恭的样子。她从哪里来？她的眼睛是肿的，满脸是泪，完全变了样，这张怒气冲冲的脸与她本来的面孔却惊人地不相似。她身上的一切光辉都消失了，仿佛只是因为热切地等待快乐她才具有平时使她容颜焕发的光辉。

“他做完晚祷出来时甚至连看都不看我一眼。”她喊道，“他只看着戴德家的那个大蠢货，她陪着他和你母亲……”

她打破了慕的遐想，迫使她瞧着自己，对刚发生的事进行评论。

“你坐一会儿，”慕最后说，“你不能带着这副面孔回家。你说他和戴德家的女儿在一起？”

路易丝肯定了她前面的话，毫无羞耻之心地夸大自己的失望。这不是第一次，青年人在拿她打趣。她徒劳地试图报复。

“不过从来也没有人这样对待我。他仿佛根本没看见我，但眼光却投向过我。你母亲在，我没敢靠近。”

慕猜想租佃户的老婆大概派女儿去将慕的来访告诉塔内朗太太。至于雅克的粗野举止，她早就不以为奇了。

“你别哭，”她说，“他会很快厌倦戴德姑娘的，不久又会来找你。如果你愿意的话，最多两三天。”

但路易丝挺直了身子。

“你叫我恶心！”她喊道，“你，也许你能接受这个！当然啦！你和迪里厄调情，而他后面拖着本地所有的姑娘！呵！你们毫无尊严，是卑鄙的人……”

说完她就走了。换了别的话可能使慕内心感

到惊讶，但这些话却以其诚恳和出自本心的激烈而使慕感到满足。

路易丝走后，在被阴影侵入的狭小草地上，孤独再次降临。其实黑夜缓缓来临，但它在慕的身上却是猛然袭来，立成定局。她以为突然在黑暗中醒来。地平线远处有灯光在闪烁。鸟鸣声没有了，但从周围的矮树丛中传来蟋蟀的叫声和神秘逃窜的声音。她听见极远处的一声汽笛，这是去波尔多的最后一班火车，九点钟的火车。幼年时期，她往往是在暖暖的厨房里或在安静地守夜时听见火车头的呼唤。汽笛均匀地响了几次，间隔里是真正的沉寂的深渊，深渊底部似乎藏着模糊的危险、隐约的威胁。火车在可怕的哐当声中驶下高原的斜坡，朝塞穆瓦克驶去。转弯处很危险，永远雾蒙蒙的，又被于德朗的桤木林遮挡住。可以想象这个由雾气和林木孕育的怪物突然出现的样子。

迪里厄的房子离慕所在的地方相当远。为了

去他那里，她不得不下到里奥多尔河再爬上草场，从一条低凹小路的平坦处走过去，穿过苜蓿地和村庄。

慕来到乔治·迪里厄的房子前，像机器一样顿时站住了。在掩盖着大门的柏树小径尽头停着一辆车，大概是在这个晴朗的星期日从波尔多来的朋友。

慕迟疑着，想不出任何合理的借口来解释为什么拜访乔治。何况什么样的借口能使她躲过客人锐利的目光呢？她想仅仅根据她的样子和她那可怜的遭遇，他们就能猜到究竟。她的苦难像挥之不去的臭气贴在她身上。她的衣裙皱皱巴巴，鞋子很脏，脸色疲惫不堪，这一切都表明了她的遭遇。

然而她下不了决心离去。去哪里？她恐惧地想到即将到来的黑夜，她将在野地里游荡。一想到她在于德朗的那间被锁上的卧室，她就厌恶得发抖。饥饿和疲乏已经在折磨她的身心。她刚才从里奥多尔河边上来时，不是害怕得拼命跑吗?由于总是独自一人，现在她自己都讨厌自己，她希望找回乔治。

她来到房屋与大路的中间，在那里等着。乔治一直不出来，时间在流逝，慕并不自认失去了耐心。

过了一会儿月亮升了上来。慕从小径中央走到房子正廊，靠在上面。在晦暗的暮色以后，一种柔和的光突然照亮了景色，使她十分欣悦。

在相反的方向，开着的窗子里射出了光亮。屋内有人在说笑，但她听不清乔治的声音，他很少参与谈话。她疲惫不堪，因此当笑声爆发出来时，她的肉体被活活地击中，十分痛苦。

此刻她脑子里没有任何明确的想法。一些相互矛盾的印象仅仅在她脑中划过，一个接着一个，为数很多，既无关联也无秩序，只是借助于她的软弱和窘迫。但她所经受的全部感情只是划过她，每次都使她更富理解力也更平静。

因此，虽然她没有想回去，哥哥的态度在她刚刚发现的新事理中只有相对的价值。这些事情的环境就足以界定他是一个冷酷、反常、无恶不作的人。她终于明白他针对她、针对他脑中完全臆想的危险而采取的自卫是多么可怜。

突然远处有狗欢快地叫了起来。她立刻从相同的叫声中听出是佩克雷斯家的两条猎狗。

在那条将于德朗和佩克雷斯的地产相连的小径高处出现了风雨灯的微光。要是人们在寻找她，她有十倍的时间可以逃走。有人在挂念她，这个想法使她稍稍感动，她流出了眼泪，泪水在脸颊上留下新鲜的痕迹。他们在那边也不幸福。在她家里，谁也没幸福过。他们生活在紊乱中，使最平常的事变味，变得悲惨，使你更失去拥有幸福的希望。

可是，在使你受过太多痛苦以后，他们又来寻找你，而且不论你愿意与否都带你回去。只有这最后的悔恨才证明他们以某种方式依恋你，没有你，家里就缺了一个人。这些想法最初使她感动，但不久她就克服了这种感动。

不，她不回去。现在她完全明白他们表达依恋的方式，回去毫无意义。雅克以侮辱你为乐，然后亲自努力让你放心，为的是不完全失去受害者。不，绝对不，她不回去。

但他们不是呼唤了吗？母亲的影子在她心头擦过，在她的记忆中母亲是如此温柔，仿佛是人们在冬天想念的、将回转大地的宜人夏天。她没有动弹，但情不自禁地流下泪来。

不久以后，灯光就在于德朗花园里消失了。过了很久它也没有再出现在高原上。寻找的人肯定回到了大路下方，沿着迪奥尔河搜寻。

“我们看看她是否在于德朗或者在大路上某个地方。”塔内朗太太一定这样说过，“她要是在别处，那就算了……”

他们不会来乔治·迪里厄家里寻找，这个她知道。

她突然鼓起了勇气。她去敲门。没有回答，

她推开门，站在门口一动不动，想立即逃掉。灯光耀眼，一开始她谁也看不清。过了几秒钟有人发觉她在那里，轻轻地惊呼了一声。于是乔治朝她走来，立即从她眼神中看到是极度的慌乱将她带回到这里。他一直盼望她回来，此刻却有几分拘束，他没有想她为什么回来。她不说话，他害怕在抓住她以前她就跑掉了。

“你过来坐下，过来。”他轻声说。

谁也没有听见，没有觉察这轻轻的“你”中所包含的权威。

她来到灯光下时，他注意到她很漂亮，人们会认为她漂亮，不管她的态度如何古怪。他在打猎时常在树林里捡起受伤的动物。它们那时的表情与慕的表情相似，神秘的、强烈的茫然自失和惊恐不安，仿佛这些动物想告诉你一个无比珍贵的发现，但此刻它们的无意识正全部消失，它们意识到如果当初知道是什么恶在威胁它们，是谁在杀它们，那它们就可能活下去。

但乔治感到骄傲，因为慕很漂亮。尽管他也

会以男人残酷与无意识的方式杀死她，他却因重新征服了她而自喜并且十分自信地介绍她说：

“格朗小姐，于德朗庄园的，你们知道。”

慕努力尽心地讨他高兴。她沉默不语，面带微笑，这微笑像面具一样贴在脸上，但不损及眼睛。如今她在漂泊的尽头来到了乔治家，她感觉很好。她对客人们不感兴趣，实际上几乎没看他们，而是静静地等他们离去……

下午好比是一天的精髓。

在她前面，宽阔的地势缓缓上升直到于德朗山脊，房屋在地势的起伏浪潮之下似乎摇摇晃晃。慕站起身来，看见近景中的于德朗，稍远是迪奥尔河河谷和佩克雷斯家的屋顶。可以说帕达尔在浪潮之下，她看不见它。

她手里捧着一本书，但没有看。

有时偶尔有人从柏树小径尽头那个豁口经过，她本能地从窗前闪开，毫不激动，在墙角躲了片刻，然后又回到平常的位置……

乔治在下午一开始就走了，屋里只有那位老女仆在楼下厨房里弄出单调的杂音。有时她自言自语，即使知道她在抱怨你，这声音也让人安心。但是她很快也走了，锁上了门，于是慕十分真切地听到她放轻了的脚步声沿着墙远去……

暑热像水塘一样停滞在房屋四周。最初，慕试图待在下面的大厅里，但很快就放弃了。

缺了这个风景她确实无法生活，风景中虽然有一部分被挡住了，但总体越过了迪奥尔河，延伸到远处的地平线，延伸到长满了杨树的、平坦而明亮的地区。有些时候，天气如此炎热，麦地里的的确确冒出热气，热气形成彩虹一般的直直的一大片，风景似乎在热气层中哭泣。

有时慕感到短暂的焦虑。有人敲下面的门或者又是狗叫。她从昏沉中醒来。在没有任何东西干扰的寂静中，危险逼近的感觉成为刺激她神经的一种消遣。她稍稍能看进书或者以这种或那种方式暂时集中注意力，但随后又陷入万分惊愕的状态之中，这时逃跑的理由在她眼中显得十分幼稚。她根本没有受骗，但她喜欢想象自己受了骗。希望使她激奋，如果她不是如此孤独，她会大哭大叫的。再者，一般来说，她看书时间不长，因为她很难跟上故事的线索，很快她就因为费劲而泄气，在此以前她一直是任性行事的……

已经两个多星期了，没有任何人来找她。乔治到村里去时，农民们对他未表示任何好奇心。他们周围是一种心照不宣的沉默。但有人告诉乔治于德朗刚刚被标价出卖，有好几位买主感兴趣。但乔治对慕只字不提。

他整天让她独自待着，晚饭时才从塞穆瓦克回来，累得跌跌撞撞，有时还有几分醉意。吃饭时他不和她说话，对她的在场无动于衷，她和他说话时，他也几乎不看她。

一天晚上，乔治回来时看见慕待在楼下的厅里。她蹲在长沙发上，正在书架上找书。她看到乔治时因被他撞见而感到有点拘束，因为在他唤她以前，也就是说在晚饭时间以前，她一般是从不下楼的。

自从她回来以后，他们不再快乐，相互躲避。慕在乔治身上发现了和她自己生活中同样多的不稳定因素。最初她没有试图去识破他对她的态度之谜，而且，说实在的，她也不可能想象另一种态度。他不可能因有了她而显得欢欣鼓舞，那样会最终失去她的，因此他对她万分审慎，如果说他为此苦恼，那就证明了他这次经历并非完全是徒然的而是结下了苦果。

然而今天晚上，慕想无拘无束地和乔治谈谈。她认为他们该谈谈了，该以某种方式结束他们生活中的不确定性。虽然她感到烦闷和孤独，但并不因此失去判断力，她知道只有时间会给他们的情爱关系带来结果。

但是乔治使她窘迫不安，因为他对一天又一天的日子似乎不抱任何期望，他既不说留下来也不提走，越来越深地陷入沉默之中。甚至在夜里当他来找她时，他仍依然故我，粗暴，前后不一，于是她也只能分享他的荒唐，并找到乐趣，这乐趣每次都使她的肉体吃惊，而当白日来临时，她几乎感受不到对黑夜的回忆。

这天晚上，当他走进楼下的厅里时，她看出

他很疲乏，但也许高兴见到她。他用手摸了一下脸，慢慢将帽子扔在长沙发上，然后问道：

“现在几点钟了？你知道吗？这些晚会没完没了……”

他跌坐在餐桌旁一把椅子上，显然并不期待回答。

“你比平时回来得早。”慕说道，“你瞧，阿梅莉还没有摆桌子呢。我来在你的书架上找书，因为……”

她再次感到绝望，因为他离她那么远，对她的存在漠不关心，仿佛生活在她无法进入的梦幻里。然而他是爱她的。每天夜里他绝望而激烈地占有她，而不像男人们所乐意的那样享受廉价的快乐，这足以证明他爱她。

但她做什么也是徒劳，在他眼中最重要的是确定性，而她自感到无力给他。

既然他永远不会作出任何努力来理解她，那么她想自己应该向他靠拢。他逆来顺受。例如在巴尔克旅馆，难道他不该帮她摆脱让·佩克雷斯吗？同样，在漫长的一个月里他躲着她，因为雅克告诉他说妹妹将要与让订婚。难道他不该不顾一切地来找她吗？如果说他与雅克相似，他却没有雅克的执拗。慕不知该怎么想。

“因为？”他抬起身子问道，“因为你想看书？为什么想看书？你肯定有理由。”

“因为我烦闷。呵，我烦闷极了，你知道。你抛下我一个人……”

他思索了一下，柔声说：

“如果不这样，我们的处境会更糟。你能做的一切就是耐心。”

她不完全明白这些话的含意，但能猜到它们出于好意。

“你看什么书，嗯？你要是愿意，我去塞穆瓦克给你买书。”

她翻过旧书的硬书皮，读道：

“《月亮谷的故事》，杰克·伦敦写的。”

“你没有读过这个？你该读读，慕，你在这里也没有别的事可做……”

“我不太高兴看书，或者说书让我烦躁……”

乔治摇摇头，那神色仿佛在想什么令人痛心的事。

“我在塞穆瓦克遇见了你哥哥。他烦得要命所以下决心过来与我交谈，那股殷勤劲儿令人困惑。他才不在乎丑闻哩，他缺乏自尊心，呵，他确实不怎么样。我不愿意让你离开，你无法想象这个……何况他怨恨你。你们早该回巴黎了，是你耽误了他们……”

他若无其事地再次向她提出原则问题。她用一个戏剧性的小手势打断了他。

“他们没有走肯定是因为要卖于德朗。他们不会在乎我们。别再对我说这个……”

他站了起来。她没有回答，还没有。她很可能不留下。他感到疲乏，用平静而坚决的语气说：

“在吃饭以前，慕，我去河边。”

她试图留住他，跟在他后面跑：

“等一会，乔治，一会会儿。”

在不太明亮的、淡黄色的夕阳下他凝视她片刻：她的夏季衣裙褪了色又太短，露出一双光滑而赤裸的腿，脚上是做客穿的黑鞋，她平直的长发乱蓬蓬地垂着。她的眼睛的确呈难以描述的灰色，在光线下与她稍稍发红的苍白肤色相比更为突出。这个珍贵的皮肤，十分生动，细致而活跃，滤出体外的只是血液最隐秘的细微差别，蓝色的、紫红色的。他第一次看见她用不自然的眼神恳求他，脸上挂着不自然的微笑。

“你要是愿意，我和你一起去，乔治。天很快就黑了，谁也看不见我们……”

他回到她身边，抚摸她的手，亲吻她。

“你好像不明白，我有两星期没有出门了。我们一起走走，一直到晚饭时间，像以前一样……”

他坚定地摇摇头，对她如此坚持稍感吃惊。他突然觉得她很美，仅这个美本身就是充分的许诺。这种美，她本人尚不知道，大多数认识她的人也不知道，然而最美的东西也必须认识自己才能显示出来。

他拒绝她陪伴他。

“再过不久你就什么也记不得了，而我……你也想到了，是吧？我请你原谅晚上……我承认，每次回到塞穆瓦克，我不可能不来找你，只要你生活在这里，在这四堵墙内……”

她低下眼睛，不再坚持。他走开了，一面在想，如果说从许多方面来看她仍然天真无邪的话，她可不像大多数的同龄姑娘那样矫揉造作或多愁善感。他赞赏她那带几分蔑视的坦率，赞赏她不对他撒谎。

他走到柏树小径尽头的大道上回头望望。她仍然在那里。他想起有件重要的事要告诉她，便走了回来。

“我不知道为什么要向你隐瞒一个使你感兴趣的事实。于德朗被佩克雷斯家买下了……买，只是一种说法。他们真疯了。当然他们有钱，但太过分了！……他们大概把他们所拥有的和没拥有的一切都投了进去。成交的条件简直荒谬……”

“我有心理准备，坦白说，我早料到了。”

“据说你母亲很缺钱。房子仍然留在她名下，还有其余的土地，葡萄园的产权全部被卖了。佩克雷斯家允诺负责一切并付给她租佃金，而这是戴德一家从未付的。此外，他们还先支付大约五万法郎来买葡萄园。”

慕想到戴德一家。他们怎么办?

“戴德一家上星期就走了。头天晚上我在巴尔克旅馆见到戴德姑娘。你母亲给了他们一点钱作为赔偿。”

慕再次独自一人，她本能地拿起挑好的那本书。她上楼时，女仆已经来到饭厅摆餐具了。

乔治为什么认为这事很荒谬?当然，这件买卖似乎对他们大有好处。但她母亲不是精于生意吗?她，慕，对此毫不吃惊。

戴德家走了，产业变得七零八落，一切都将很快付之东流。

她想到灿烂的日落，想到自己错过的沿河散

步，傍晚的河水碧绿，反映出迪奥尔河草场上的老榆树。她可以在河谷里，在潮湿的河岸走上几个钟头，不疲倦地呼吸土地、水和沼泽的强烈气味，夏天的残渣已在沼泽中腐烂……

她将脸埋进枕头，斜眼瞧着开着的窗外面那片太阳已逃离的西方天空，哭了很久。

有一天，她漫无目的地在帕达尔大路上走。

时近六月底。成熟的庄稼等待着收获。只有铺展在山坡上的葡萄还在白色阳光下呈绿色，等待在秋天更柔和更曚昽的阳光下成熟。

人们也在他们凉爽的房屋里等待夏季结束，然后再在大白天出门。

没有任何东西打搅处于昏沉之中的空间与田野，除了时不时地飘过云彩的流影，云彩很低，流动极快，仿佛在逃避寂静得令人不安的天空。

漂亮的一排排杨树与深色犬蔷薇的短篱笆相互交替，将这个地区按山坡的走向划分成不同的格子，绿色有深有浅。在下面，榆树和桤木往一片深色而茂盛的无名草木上投下枝叶高贵的苍白色，迪奥尔河在树荫下快速地流着……

慕到了外面，不知做什么好，便坐在斜坡上等待。渐渐地，在房间里感到的绝望重新侵袭她。她徒劳地等待下午的结束。大路上没有一个人。黄昏来临。

这时天空出现了轻微的卷云。没有风。有时远处传来牛哞声，使慕一惊。牛满嘴是草，吃草吃得厌烦了，发出长而低的反刍声，要求回牛栏。只有几只乌鸦在空中勾划出无条理的飞行轨迹。它们飞得相当高，用嘶哑的叫声打破寂静，隐隐地宣布愤怒的时刻已临近，不知是谁的愤怒，也不知是对谁的愤怒。

这条路上显然没有人来。

黏土小路呈淡淡的灰褐色。几乎整个天空也是淡淡的灰褐色，在它上方颜色更淡，到了接近地面的地平线处就变深了。过不多久小鸟也将睡觉。有时有只小鸟在栖息处感到不自在，便不安地飞向邻近的灌木丛。

一条狗尴尬地回家去，疲惫地、缓慢地，像

人一样。路过慕时它用无神的眼睛瞧瞧她，仿佛她是无生气物体中的一件。

姑娘又走了。天空倾泻在田野上的光如今不再刺伤她了。在路上她时不时地回头，想将四周的一切搜集起来。

这时，她突然发现自己正面对乔治·迪里厄。

她掩住叫声，因为她没有等他，也没有听见他来，他哩，犹豫不定地瞧着她。在过滤后的柔和光线下，他在她眼前显出一种她未见过的鲜明姿态，他性情像农民，姿势像时时准备搏斗的动物。他和往常一样什么也没有做，而如此巨大又如此无益的体力干扰了他的呼吸与手势。

“你回家？你使我害怕，真傻……”

她镇静下来，微微一笑，将手掌贴在他胸前。

她用这个轻巧的手势来抵御这位打破她的孤独的不速之客。他局促不安，突然说：

“你再一次逃跑？你得承认……”

与他相遇使她惊讶不已，她还以为他在塞穆瓦克。他没有进屋而在周围干什么？还有那几下敲门声？是在做梦吗？

“不，我只是出来走走。”

他看上去心慌意乱。她半转身免得看他。

“你来一会儿。”

他跟着她，知道自己上了当也知道自己的放弃将很快使她占上风。

他们进了屋子，她推开折叠木窗时听到他在低声说：

“我爱你，慕，这真不巧……”

女仆已经走了。慕去厨房拿饮料。她想干什么？他想到那天夜里她去库房里找铁棒时，也是同样的强烈意志使她的眼神冷酷，前额出现一条深深的、使面孔显得古怪的皱纹。如果她不是正好在路上叫他来，他不会来。但是，既然他现在已经遇见她了……也许实际上她会待下来，她从来没说要走，他也绝对没有请她走，恰恰相反。也许她已经下了决心，虽然她并不快乐。这正是他的意愿，让她本人决定。

“慕！”

他大叫了一声，仿佛她离他很远。她很灵敏，猜到他想与她做爱，让她马上靠近，因为他感到自己恢复了勇气，因重获自信而陶醉……

她端着一个放满玻璃杯的托盘又出现了。他从她手中接过托盘，随便放在一个地方，然后两手抱着她的双肩，使她倒在他面前的一张椅子上。她一言不发。她的灰色瞳孔里闪烁着某种好奇心，一种明亮的灰色，不是无生气的金属的灰色，而是即将流动的水银的灰色，这种灰色使灰色成为情欲本身的颜色。她带着自然的、动物的柔顺任他摆布，好比是雌性一时依顺雄性的情欲游戏，而这种情欲她本人是不能自发感受的。

平时，他回到昏暗的卧室里就在她旁边悄悄躺下，是她促成他的快感。他狂热地哼哼，在那些时候，她感到自己很厉害……

被他翻倒在椅子上时，她以为他要和她谈话，但他只会气喘吁吁地重复她的名字，那种种不同的声调表示出他的绝望与爱情的残酷交替。

她待着不动，肩头稍稍耸起，两手张着，搭在膝头上，慢慢张开的嘴露出一排刀片般发亮的白细牙齿。

他突然哈哈大笑起来，用大笑声来掩饰他不敢承认的事：

“等你走了，慕，你知道我要干什么吗？”

她纹丝不动。

“你知道我会干什么？”

他为什么这样躲开一切幸福时刻？她很久以后才明白。她跳了起来，攀住他的肩，嘴唇凑了上去。但他摆脱了，叫道：

“你要我做什么？我无能为力，就像此刻我无法再占有你。”

他亲吻她，但几乎没有情欲。慕不给他他所期望的疯狂希望，哪怕只一刹那。有时撒谎成为家常便饭，脱口而出，而整个人丝毫不在乎这种对真理的歪曲。然而慕面对谎言是软弱的，即使她想说谎，话语也会背叛她。

他们相吻的嘴唇是冷的，但他们宁可要这种接触也胜于相互躲避的目光……

“再者，我不在乎，就好比不在乎痛苦一样。像我这样蔑视自己的人，也许只有这样才能使你在自己心中稍稍恢复尊严……”

她溜进他的两臂间，两腿间，头贴着他的颈部。她听见心脏跳得很快。她伤心，比他更伤心，对自己感到厌恶。他机械地占有了她，最后一次。

即使在吃饭时他也不再出现，慕在卧室里用餐，从此他让她感到绝对孤独的痛苦。

她感到极端疲乏，这种疲乏与日俱增，很快她就没有力气吃女仆送上来的饭食，她每天要躺上好几个小时。乔治让女仆问她想吃什么，他以为她很烦闷，用这种方式表示她的气馁。老女仆见她躺在床上，脸色苍白得可怕。

“您要是同意，我去告诉先生说您不舒服……”

接着，她又改了主意，她害怕，害怕慕会揪住她喜爱的主人不放。她用温柔的语调说谎：

“我看这是暑热，再说，不能整天关在家里……”

慕从她那搪塞和拘谨的神气上看出来自己怀孕了。

乔治在饭厅的大沙发上过夜，一大早就出门了。

慕犹豫不决。告诉他？……如果说她不像从前那样爱他，她仍然十分尊敬他。如果她同意他早娶了她。一切麻烦都来自于她，来自于她的缺乏诚意。她原先拒绝，现在又同意，岂不太丢人？

何况，她仍然想走。一想到她家里人可能已经走了，她就害怕。她的孩子并不明显地脱离她本人的生活，孩子的重要性还不如她本人。

女仆趁乔治还没有回家就早早让她进餐。女仆向主人绝口不提饭菜几乎原封不动的事，乔治不再担心了。

慕的烦闷最后到达如此的深度，以致她甚至不再想到孩子。怀疑日益减弱，她想得更少。

她不再看书。她想到的事物与她目前的生活毫无关系。她陷入回忆中，一件往事突然在许多往事中凸现出来，没有明显的理由，并且具有噩梦般的奇异性。

一天早上，重复的敲门声将她惊醒。乔治推开了门，说了几句话但她听不清。

她跳下床，兴奋地急忙穿衣，但不能如她所愿地那么快，因为她的双手是冷的，她还在颤抖。她在这间小屋里关了三个星期，一直在等待。而现在，人们突然记起了她。

乔治压低声音叫她，她大声地推插销，让人知道她已经醒了。穿好衣服后她推开木窗。晨光正艰难地显露出来，使地平线呈现绿色。从自我流放的第一天起，她就生活在这个风景的幻象中，但她从未在黎明见过这风景，所以不能立刻认出来。她停住看它片刻，然后决定下楼。

在饭厅里，曙光从开着的门里进来，十分曚昽，你无法预料天气会如何，房间的角落里仍然半明半暗。乔治在仓促间穿上了一条旧长裤和一件衬衣，他怕冷地把衬衣拉到胸前。乱蓬蓬的棕发使他看上去很不整齐。他站在长沙发旁边，沉默着。

在他前面，坐着塔内朗太太。她像往常一样穿着黑色的长裙。一顶过宽的宽边帽遮住了她的脸，使她的外形稍稍显得小。在她身边的地上放着一个旅行袋。

她头也不抬，平静地说：

“怎么样，下楼了？”

从母亲不自然的语气上，慕猜想她的兄弟们正躲在门后偷看她。

脚下的楼梯在咔咔响，很快就激怒了她。她的心在怦怦跳。喉头干涩，像是石头。

她本能地集中精力，这使她没有看到正盯着她的乔治，以致她把他忘了。

塔内朗太太的大帽子遮住了半边脸，因此她

的五官不像往常那样轮廓分明。她的眼皮因困倦而肿胀，她死死地盯着地面，免得抬眼看着慕和乔治，然而从她发红的喉部，从她紧抿着的嘴唇的颤抖，可以猜到她多么激动。她尽力控制自己，但年龄太大难以控制情绪，而情绪自然而然地表现在她萎缩的肉体上，使她显得更可怜。

慕端详了一会儿母亲，然后走近她，以致塔内朗太太不禁做了一个不安的姿势。于是她站了起来，用夸张的语调说：

“不，你让我太伤心了。”

接着她转头朝着乔治，比她所想表现的更为局促：

“您很快就回波尔多了吧？我希望您别再延长您的假期……”

乔治点点头：

“别担心，我回去……”

也许他本想和慕说几句话，但这位老妇人的在场使他别扭。

他送她们到门口，她们一出门，门就砰然关

上了。慕听到上门闩的声音。她想迟早有一天她会回来，那将是平和与忧伤的时刻，与此刻不可同日而语。

黑夜还未散尽，从天空与云彩的缝隙中射出的东方的光线柔和地照着没有阴影的田野。

塔内朗太太大声说：

“现在是四点半。如果走得快，六点钟我们就能赶上去波尔多的火车。”

令慕惊奇的是，外面没有人等她们。

在干得发白的小径两旁，绿色减退的柏树顶梢在轻轻触碰它们的微风下轻轻颤抖。

慕走在母亲后面。她和出逃的那天一样，只穿着一件夏天的衣裙。她感到冷。塔内朗太太一心想着自己的事，没有觉察。

“你的兄弟们在佩克雷斯家附近的大路上，”她很快就这样说，“他们也去波尔多，我得在那里买些东西……”

她的语调几乎很亲切，虽然她仍然假装不去看女儿。她走得很快，慕只得加快步伐。接着她不由自主地去夺那个旅行袋，她感到母亲不肯松手，但母亲随后又突然松开了手，她们对视了一秒钟，此刻尚无言以对，但一致地加快了脚步，在她们身后扬起的团团尘土，在空中旋转了片刻。她们从帕达尔左侧斜过去，走上那条凹路，很快就沿着于德朗的地段走。这时塔内朗太太大声说：

“我卖给佩克雷斯了。这是桩好买卖。我保留了对产业的大部分权利。到了我这个岁数，失去我亲爱的房子就太残酷了……五万法郎，”她强调说，“他们给了我五万法郎的现金。真不错，你知道……”

慕低着头继续走，没有回答。母亲的宽容令她吃惊。母亲没有直接提到她们之间的争执，她的话语已经结束了它。

“我来找你，你好像并不感到惊奇……”

慕喃喃地说：

“你也该来了……”

塔内朗太太勉强克制一个满意的手势：

“那可真巧！我想你大概腻了。我觉得他对你来说岁数太大了。我想告诉你，这里的人不知道你住在迪里厄那里……你没有出门，你很谨慎，这很好……佩克雷斯一家知道这事但没有说出去。这是些好人，你会了解他们的……那么，我要说的是……我们去接你，你从奥什来，从塔内朗的姐姐，你的姑妈那里来，明白吗？你在她那里住了两个星期……在这以后，很久以后，你必须接受人家的说亲，因为你会给我们惹很多麻烦……”

塔内朗太太满脸通红。

“让·佩克雷斯爱你，他对一切都不会计较……”

这真稀奇，慕还没有想到过。她立刻承认使她不安的事：

“这不可能，不必去想，我怀了孩子。”

塔内朗太太停住了，用充血的眼睛瞧着女儿但视而不见，她将头上的帽子扯下来扔掉，然后像突然发晕的人一样双手捂着眼睛，摸索着找一个斜坡倒了下来。一分钟过去了，两分钟过去了，慕害怕起来。两个星期以来她一直感到的沮丧突然停止了。她仿佛在母亲脸上看见使人畏惧的伤痕。她抱起母亲的身体，亲吻她的衣裙和双手，仿佛这种爆发的爱能使她逃脱结局，而她一下子觉得这结局富有吸引力。然而这纯粹是她的想象。塔内朗太太在几秒钟内经历了一系列情感：恐惧、绝望、内心里对生命的放弃，此时很快就镇定下来了。她又回到现实中，温和地、古怪地，就像恢复健康的病人。她抱住慕，然后稍稍推开，带着默默的柔情打量她。她忘记了被委托扮演的角色。

“你别哭，我此刻还头晕，喘不上气……这么说，你怀了孩子！你清楚，和让·佩克雷斯成亲可不是我的主意……是雅克。我明白他这是为我们大家好，你知道，但我难以接受……有什么办法！我知道你住在迪里厄那里，但雅克不让我去，怕引起猜疑……”

她稍稍喘气，又接着说：

“他比我们更谨慎，这当然。现在我们怎么办？我收了那五万法郎还花去不少。是呀，得还家具费！再说雅克还有债务……”

她不停地抚摸正傻傻流泪的慕，抚摸她的双肩，双臂，头发……

“我们回巴黎，你别担心！迪里厄会去找你的。我呢，我一个人再回来，眼前只有这样办了。”

她们又往前走。

在国家级公路的路口，出现了两个身材相同的人影。慕认出他们是兄弟。他们很不耐烦。

“你以为让我们在这种条件下等待好玩吗……”雅克说。

母亲打断了他的话，对儿子说他们回巴黎。他们不问缘由就同意了，很高兴回巴黎。他们一大早就被叫醒此刻还昏头昏脑。

“时间刚够。”塔内朗太太说。

慕走在左侧的斜坡上，与众人稍稍隔开。在公路上，他们的脚步在四周的寂静中发出一种奇怪的响声。

很快就出现了十字路口。一个白十字架，一块路牌：雷弗尔。过了这里公路便往下走，一个大坡。

三

初看之下，他们会被认为是休假回来的普通旅客。他们默默地忍受单独相处的时刻。火车的晃动不久就催他们入睡，就像脑子里塞满了全年的风景、只注意邻座的人那样随随便便和充满自信。当波尔多的火车经过于德朗下面时，慕和母亲几乎没对那座房子看上最后一眼。

晚上十一点钟他们才抵达奥斯特利兹火车站。晚上很美。载他们回家的出租车驶过学院街和所有的门面都灯光灿烂的圣米歇尔大道。坐在折叠式座位上的慕注意到哥哥假装的厌烦神气。车驶过一家大咖啡馆时，他敲敲窗，让车停下。这时爆发了第一场争吵，过往汽车的嘈杂声盖过了一半争吵声，计程表毫不容情的细微走动声不容许争吵持续下去。

“停车，司机。”

突然的刹车使塔内朗太太的身体往前一冲。她鼓起嘴仿佛要说什么，但没有发出任何声音，没有说出任何话。

雅克的一只脚已经踩在踏板上，他假装下车，接着又朝母亲回过头来，用十分巧妙的简短口气问道：

“你有一千法郎吧？我不会回来晚的……”

慕宁可瞧着别处，例如这家灯光一直照进车内的咖啡馆。和往常一样，在这种情况下，她的神经绷得紧紧的，越感到沉重就越透不过气来。时间在刹那间停滞了，然后像噩梦一样慢慢过去。塔内朗太太在挣扎。在深红色的灯光下，她似乎在流泪。

“可别有这个念头！今晚刚到！……”

她重复说：“不行，不行，”从座位上半站了起来，又坐下。她那顶黑色的大帽碰到了车棚，她用一只手扶着帽子，另一只手将它摆正。

今天晚上，这顶可笑的帽子使她显得可笑的庄严。

雅克的声音几乎听不见，但很严厉。他再次低声说：

“我叫你给我一千法郎……至少一千法郎。”

他在暗中伸出手，像乞丐的手。塔内朗太太说“不”，“不可能”，“不用再说了”，这些话渐渐流露出恐惧，越来越软弱。短短的话语毫无效果。

“你刚拿到五万法郎，给我一千都不肯？嗯？……”

这句话几乎是喊出来的，但并不过分，没有引起出租车司机的注意，他甚至没有回头看。在这个默默的喊声中可以感到隐约的威胁，它在格朗-塔内朗家庭圈子里引起强烈反响。塔内朗太太不再指责，立刻用平直的语调说：

“家里不只有你一个人……”

亨利·塔内朗也加入了进来，也就是说他居

然在汽车最里边动弹起来，惊恐地转动眼珠，仿佛在求救。雅克有条不紊地继续说。

“你以为这事就能这样过去？”他强调说，“我同意或者说亨利和我同意你把这丫头（他指着慕）带回来，而现在你要把我们与她同样看待？……你这是什么意思？”

亨利犹豫着不敢和哥哥应和，哥哥仍在重复老一套：

“你以为这事就能这样过去？”

争吵没有持续两分钟。塔内朗太太的旧手袋发出了松扣声。一只手伸了过去，厌恶地揉着钞票，装进口袋。很快雅克就成了那个优雅的身影，他右手放在上衣的口袋里，消失在灯光中……

司机终于回过头来，慕再次告诉他地址。母亲在她面前激动得像个疯子，自言自语，在与似乎只有她感觉到的危险进行搏斗。她那鼓足勇气的声音时不时地被一声无助的啜泣所打断，眼睛仍是干的。

“你们什么也得不到，听见了吗，什么也得不到。我上别处去……呵！……我是可怜的女人……”

慕向前俯身瞧着车前的那个小光圈。亨利坐在塔内朗太太旁边，态度一如既往：厌烦。路程比刚才平静。塔内朗太太又开始注意出租车的行驶。离家越近，她越发镇定下来。何况，在这种时刻，儿女们决不会反驳她任何一句话的。他们不大相信她的怒气，认为那是懦弱，因为当危险过去时她才发怒。

慕注意到这一连串的指责并不针对自己。母亲一向避免谈论子女中的某一个。

司机刹车，车子在大道的斜坡上侧滑了一段。这声音惊动了女门房。塔内朗太太从门房前面经过时，女门房露出一张还未睡醒的脸。

“呵！是您！有人来过好几趟找雅克先生。”

塔内朗太太走了过去。她又恢复了和蔼可亲的神气。对方犹豫了，然后说：

“是的，是警察……呵！好像不是什么大

事……”

塔内朗太太震惊地站住了。

“呵！老天爷。”她说。

但她立刻镇静下来，试图解释：

“是的，不错，能有什么事呢？”

她尽力避免仓促地从女门房面前走开，那女人正拼命地伸着脖子想打听哩。

这五层楼实在难爬。亨利和慕跟在母亲后面，母亲气喘吁吁，表明精疲力竭了。她不时地停下，转头对亨利说：

“你，你知道这是什么意思吗？肯定是塔瓦雷斯的事……”

但亨利什么也不说，低下头，抿着嘴，不敢正视家人的目光。他的那张脸毫无表情，是“什么也掏不出来”的脸。确实如此，不管家里出了什么事，亨利·塔内朗总是傲慢地假装漠不关心。人们征求他意见时，他高兴异常，持续地高兴直到失去耐心。

老塔内朗在半开的门里出现了，裹在一件冬季便袍里。没有人通知他他们回来，他似乎有点吃惊。塔内朗太太甚至不容他开口就说：

“警察是怎么回事？女门房好像不知道……”

“可惜我也没有打听究竟。您儿子的事与我无关……您怎么样？”

这句话来得这么自然，他大概早有准备。他妻子将神色不安的脸伸过去，他用未刮整齐的脸颊碰碰她的脸，对慕和亨利也一样。接着他抓起妻子手中的箱子放在地上。

“谢谢您。”她说，“我想过给您写信，我亲爱的塔内朗，但我不得不卖掉产业。我口袋里有您的授权书，这您是知道的。卖得好吗？好。不过我不能等到明天再跟您谈这事吗？”

她跌坐在椅子上，摘下帽子。

“您确实什么都不知道？”

他郑重地举起瘦削的双手：

“亲爱的朋友……”

她用手势打断了他，心不在焉地轻声说：

“还好吗？”

“还好，谢谢您。我的全部时间都在工作，您是知道的，我喜欢工作。不过我决定今年七月份去奥什。亲爱的，显然我们从不在同一时间去度假。我很遗憾……”

他们几乎同时说“明天见！”，然后他就退下了。

孩子们在母亲对他们的眼光中看到她正逐渐坠入不安的深渊。亨利在躲避她的目光，用没有把握的语气先说道：

“不可能有大事。你别这么担心……”

慕靠着饭厅的墙，面对母亲坐着。房间中央到处是行李。亨利从一个房间走到另一个房间，走来走去……

塔内朗太太用空洞的眼神瞧着女儿。她一言不发，知道儿女们无法使她平静下来。然而，有一刻，她仿佛猜到了，大声说：

“亨利，就是那个女人，肯定的，如果不是塔瓦雷斯那件事的话……”

“别胡想！那女人的事已解决了。”亨利在他的卧室里回答说。

母亲点点头，重新陷入推测，默默地沉入令人恐怖的假定之中，又万分困难地浮上来，这时一切似乎更让她放心。

慕在想：“警察？”她凭着想象，呵，多么轻易地就看到雅克被左右两位警察押着，他那张脸使她想起某天晚上他在旅馆的那张脸。

一张被恐惧歪曲的脸，嘴唇和眼睛周围也许还会有灰白色的小斑点，那是耻辱。可以把这张脸想成雅克死去时的面孔。一张微微超越真正悲哀的面孔，它将头一次令人想起他童年的面孔，终于出现的、被近在咫尺的死亡所迷惑的童年。在这张脸上，一切活生生的虚荣，对享乐的永久悲歌，十分瑰丽的丑陋都会散成碎片。

“慕，去睡吧。”

塔内朗太太想独自等儿子回来。女儿的眼神对她没有什么赞许。

“我知道你们相互都瞧不起。只有你们中间谁出了事你们才满意。现在的问题是救他……要是我不在这里，可怜的孩子！……”

她从愤怒转到担忧，就像一个人痛苦时寻找使她最不痛苦的姿势。

“他们会把他抢走的。你会看到他们来把他从我们身边抢走。”

她在呻吟，时而像一个小姑娘，时而像悲惨的母亲，她为一位家人颤抖……

“我这辈子什么不幸都躲不过，躲不过。会

出什么事呢，慕？”

“妈妈，我对这完全无所谓。”

“这我知道，孩子。可惜你有别的事要想……”

母亲十分习惯于操心，只有最紧迫的操心事最重要。其他的较长远的事，她可以抽空喘喘气再去对付。

慕走近母亲。自清晨以来，她一直没有亲吻母亲。在火车上，由于有雅克和亨利，她们相互躲避。

塔内朗太太开始抚摸女儿的头。她那稍稍有点麻木的手指伸进慕的头发，撩起那光滑而微温的大把头发。她的手摸着女儿圆圆的前额、稍短的下巴和宽颧骨，但她那不安的心情并未平静下来。

“你不了解他，慕，其实他是个好孩子。我甚至可以说，在你们三人中间，他对我最好，最体贴……”

母亲的天真无邪一直令慕感到吃惊，但她的

抚摸使慕的脸很舒服。慕曾经忍受母亲的脾气，但在长久与她分离以后，此刻将她视作春风。

“也许他很讨人喜欢，妈妈。这种殷勤使你看不清他。他腐化堕落，像枯树枝一样轻飘飘……”

塔内朗太太的手一下子停住了。她们分离开来，每人都坚持自己的立场。慕突然感到自己刚被这个女人永远抛进一种莫名的绝望中，成为它的牺牲品。

塔内朗太太在颤抖。能够冷静地做出这种谴责吗？她，母亲，她能受苦。尽管她很伤心，她仍然抱有幻想，无期限地。正是由于她相信儿子，她才生活在任何现实的反证都无法触碰的幻想之中。

有时她仇视慕。这个女儿粗暴地歪曲她所爱的对象。如果没有她饱满的信心，面对痛苦，她还能剩下什么呢？

“闭嘴，你不害臊吗？想想，明天人家就会来这里把他带走。这个卑鄙的塔瓦雷斯，这个下流的无赖……”

“如果他走了，”慕叫了起来，“肯定是因为这件事。你像我们一样，以为是为别的事，嗯？你以为他是去哭他的妻子，去野外哭他的妻子？”

对儿子的一切敏锐评价都使母亲感到别扭。她，母亲，是正确的，她看到他从容可爱而优雅，哪怕那是最明显的懦弱行为！

“你要我说什么好呢！我可是一无所知。也许是为了塔瓦雷斯的事，或者还有别的……”

只有她总能找到理由去爱他，爱他甚于爱其他孩子。

“总之，妈妈，如果他想过让我嫁给让·佩克雷斯，他会永远这样想的。你想想，当他知道这事以后，他会想尽办法不丢失这笔好买卖的利润的。”

“你最好闭嘴，慕。你居然说出这么难听的话，有时我真怀疑你是否善良。等你哥哥知道你怀了迪里厄的孩子，他首先，听明白吗？首先会给你忠告的……”

慕不作声。她眼前闪过乔治的房子，凄凉、安静、开向田野的房子。紫杉在窗前摇晃，于德朗的冷杉林远远在望。白昼逐渐消退。蟋蟀一个接一个地吟唱它们蓝色的狂热。在上面，在乌斯塔乌，毛茸茸的小鼹鼠惊恐地在松林里冒险。乔治没有回家。能感到他在房子周围转悠。他们分开了，很难说清为什么。但是慕突然觉得与乔治生活在一起此刻倒更容易些。

吊灯的强光照着这间屋子，行李还乱七八糟地放在家具上或者地上。最里边的房间没有任何声音，亨利在其中一间睡觉。老塔内朗在饭厅旁边的房间里打鼾。一切看上去平静而正常。

慕这次为什么真正地哭了？女儿的眼泪使塔内朗太太产生了误解而放心。她哭不是因为后悔吗？打击太强烈了。女儿的话使母亲想起自己不幸的一生。虽然她不住地讲不幸的生活，但很少感到它的深刻性。她也哭了，但轻轻地，已经像一位老妇人。

最后，她对慕说：

“你和迪里厄会幸福的。为什么对我胡言乱语呢？你瞧瞧你就后悔了。你知道我会想念你……当然，我的生活不快乐。做母亲的总要照顾儿女中最不幸的、被大家抛弃的那个人……”

慕走去躺下，但今晚睡不着。

母亲稍稍平静下来，走来走去，打开行李，在箱子里翻找东西。她时不时地踮起脚尖走进卧室，打开衣柜，搜索、整理。不知疲倦的她又开始在室内的神秘奔走，她又来了一趟。人们对她的夜间活动习以为常，并不受到干扰。慕听着她走动，在寂静中，她的每一个行动都具有特殊的价值： 耐心与坚持不懈的热情。

慕感到孤独，除了已知的事以外她不再盼望任何东西。

不久她将回到于德朗结婚，然后去波尔多乔治家里。她只在假期才回于德朗，这就够了，既然佩克雷斯家对他们的仇恨以及农民们对他们的藐视会一直埋在那里。乔治和父亲一起工作，生活缺乏条理，有时规矩，有时放荡。她不清楚她会在他的生活中占据什么地位。她和母亲谈过，她确认在十分明确的处境中不可能有任何其他解决办法，正是在这时她的生活开始了。

也许乔治已经在等待她？那天早上他们分别时，他看上去很平静，几乎很满意。多半他们已不再相爱。一想到回去，一想到强迫他娶自己，她脸上就发红。她怎敢出现在他眼前呢？但她不能留下。母亲已经选择离开她，在她心中分离已经完成了。今晚母亲那番同情与温柔的谈话使她明白了这一点。

她大概这个星期就走，越早越好。总之她在这里的时间毫无意义。

如果没有雅克，母亲也许会留住她。无论如何，母亲不会这么快就抛弃她，仿佛在无意识中卸下包袱。母亲不自觉地在大儿子周围继续制造真空，直到她在完成对其他儿女的责任以后，只剩下这个儿子去全身心地爱。

慕不埋怨母亲，她反复想的是哥哥，她恨他，真希望能靠仇恨从远处使他窒息。她感到他紧挤着她，命运对命运。他们像两个受害者那样紧紧地连在一起，交织在一起。她毫无办法。他所做的一切坏事，她都感觉得到，仿佛是她自己做的。

他曾赶走她，于是她遭受不幸。也许他也像母亲一样有意这样做，母亲在两个星期里音讯全无，和他一同尽力孤立她。

一想到哥哥，她就感到奇异的痛苦，疼倒不是太疼，但无法忍受，像脓包一样在她体内抽搐。

“……这么说他要用于德朗换来终身年金？佩克雷斯也许已经支付了？妈妈这个疯子就听任他……可能。”

她母亲，多么软弱！现在她看得很清楚母亲变了，软弱无力，意志薄弱，成为像核桃壳一样一碰就碎的人。无足轻重。是雅克一天天地使她变得无足轻重。

她很小时就想象雅克很坏，但只是一种本能的、幼稚的坏。现在她明白那不是一种天性，譬如勇敢、忠诚。雅克的坏是违反天性的。他预先就不喜欢善，小心翼翼地避开善。他不敢变好，因为任何开始，哪怕是新的态度，都像晨曦一样枯燥和凄凉。

因此他认为最好是一步一步地沉入邪恶之中，每天更厉害地敲打塔内朗、慕和在他掌握之中的母亲。他的生活获得了单一性和力量。他取得了胜利，更强大了。因此任何快乐的事都令他不快。仔细想想，你会吓得冰凉……

铃声使慕从麻木中惊醒。她听见母亲朝大门走去的脚步声。慕竖起耳朵听。一种好奇心使她在床上坐了起来，还有一种希望……母亲将和他谈谈。也许这是一场十分严重和可怕的灾难的开端，这灾难在一段时间内将压倒其他一切……她疯了，她相信这个，甚至以为会有这样意外的好事，真是疯了。

门厅里响起哥哥洪亮的声音。他回家时总是惊醒所有的人，而且毫不在乎。然而，当他睡觉时，周围却一片寂静！

是这样，这个声音将她带回到过去。每天夜里，这声音宣布的是接近黎明时的寒冷时刻。

雅克对着母亲大声喊：

“你还没有睡，怎么回事？”

“别叫，别叫，求求你。我们不在家的时候警察来找过你……”

沉默，接着是：

“你胡说些什么呀？”

塔内朗太太重复刚才的话。雅克大概喝过酒，声音黏糊糊的，一字一字地说，仿佛刚刚睡醒。慕很快就听不见了。也许他们声音很低，很低……接着，雅克突然粗暴地说：

“呵！他们来过？什么时候？来了几次？说呀，真见鬼！”

“这该由你告诉我，孩子……”

“是塔瓦雷斯。装死就行了。”

"你签字了吗？……多少钱？……"

"五万，不过我对你说装死就行了。他们不能为了几张票据就惩罚我……再说，这是件旧事，你还记得……"

慕在床上又倒了下来。从哥哥的语气上，她明白没有真正的危险。没有出格的事。没有，只有塔瓦雷斯，她知道，哥哥总有办法和他解决的。

生活将继续它地狱般的行程。

他们走进饭厅。时不时地有些话语片断传进慕的耳中。

"你还这么哭个没完？"

"噢，我太害怕了，孩子。你为什么这样做呢？"

"那是为了米丽埃尔。我原先想跟你说，可你还不了解我这个人吗？我宁可饿死也不向人要钱。有什么办法呢，我就是这样的人！……"

他逐渐打起精神，又振作起来。

慕深深感到他的每个字都是耻辱。仅仅听见

他的声音，她就觉得自己起了变化。她有很久没听见他的声音了。他仍然在原地踏步，重复他的老谎言，他那低劣的夸张言词。

他在母亲眼中扮演一个新角色，母亲认为他更大胆，更有勇气。呵！他真有惊人的胆量！

“我这个人别人不理解。注意我指的不是你！我一直对你说：你是圣人。可他们……”

“你打算怎么办？”

“当然，最好是还钱……我不是坏蛋。毕竟，假文件不是我所长。我依仗的是米丽埃尔的丈夫的身份……”

他感觉到母亲所掌握的五万法郎的气味，那是她头一天从佩克雷斯家取到的。“她不会说话的，”慕想道，“她不会告诉他由于我的过错他们将什么也没有……”的确如此，塔内朗太太听任他作出种种无效的努力来靠近自己。也许她自己也忘记这笔钱是她欠的。

“当然，我对你说，最好是还钱……我要重新开始工作，我会付钱的。用上十年，但我会成功的……”

然而母亲坚持不拿钱。只有不了解她的人（这点他知道）才以为她会直截了当地决定不把钱还给佩克雷斯。但她让事情自然发展，直到最后她没有退路。

“这不是我遇见的第一件麻烦事……要是你知道我逃过了多少次，你会惊讶的，亲爱的妈妈，惊讶……”

当然，她绝不会幼稚到今天就给他所希望的东西。但是，有一天晚上，他们两人独处，完全独处时，她会很快从衣柜里，从两叠床单中间取出款子，一言不发地交给他。时光会从佩克雷斯一家人身上流逝，他们的形象已开始模糊。而他们，格朗一家，生活在现实中。

他们就这样，轻声细语地一直谈到清晨。母亲任他愚弄，毕竟很高兴，因这些知心话使她更接近儿子。

慕没有睡。她也不再听。她等着天亮后离去。当头几线阳光驱散黑夜时，她起了床。接着她傻傻地站在卧室中央不动。她明白在动身去于德朗以前会发生什么事。

这件事已经在她身上，在她的脑海里。她的思想正一点点地熟悉它，培育它，让它明确起来。接着她感到它在她身外，很小很小但生动而集中，而且像鸟眼一样一动不动地盯着她。

饭厅的门打开了。雅克打着哈欠这样说：

“他们在睡觉。总之，最好什么也别告诉他们，对老头儿也一样。特别是别告诉小姑娘。她这个人呀，你可以说你的想法，我现在对她有定论。女人嘛，我了解。好在她这就走……”

他们朝厨房走去。

“来吧，”母亲说，“我现在不睡觉。太晚了，我去做点咖啡。”

慕在他们以前溜进了厨房，在那里等待。

他们看到她时，惊讶地在门口站住了。他们不敢进来，感到一种隐隐的恐惧。塔内朗太太试图微笑。

“你疯了，可怜的女儿。你在这里做什么？”

雅克坚定地走向前，面色苍白，突然的愤怒使他的脸变了形。

“你在这里做什么？让我来，妈妈……”

说实在话，慕并不知道自己在这里做什么。她只猜到她在激怒雅克，用她简单流露的全部软弱，全部苦恼，甚至谋杀的愿望来激怒他，就好比你在无意中并无敌意地伤害了一个无害的动物，便想杀死它。她瞧着哥哥，他在晨光中那么苍白，气鼓鼓的。他在周围寻找有什么东西来敲扁这姑娘的脑袋。

“你在窥视我们，嗯？呵！要是我不克制自己！算你走运……”

他慢慢地、艰难地垂下手臂，那姿势清楚地表明他没有打她是多么痛苦。

塔内朗太太前言不搭后语地说了几句。她脸上发红，显然因为与儿子亲密地狼狈为奸而感到羞愧。呵！这个慕，她怀了孕，是的，像妓女一样怀了孕，这难道还不够吗！……多么不公平呀，这次她刚尝到一点幸福！……她喊道：

“去睡觉，听见了吗？你是脏货，脏货！把这张椅子让给哥哥……”

他们听见亨利在隔壁房间里伸腰打哈欠。慕站了起来，把椅子让给哥哥。接着她回转身，轻轻地……

他们几乎没听见大门的声音，她小心地关上身后的大门。

街上开始有行人；他们精神焕发，步履匆匆。

在这个人口稠密的克拉玛区，人们很早起床，咖啡馆已经开了门。人们挤在柜台前喝热咖啡，几乎全是男人，工厂的工人。他们嘴里叼着香烟出来，在几乎无人的路上分散开，高兴地品味清晨的新鲜空气，它尚未被他们一天的劳累所玷污。

城市仿佛处在痛苦的失眠之中，在它的下方是塞纳河。这里那里，清晨的光线透过薄雾投射下来，照得绿色的河水发亮。

慕没有睡过觉，但毫无不适。她裹在匆忙之间带出来的大衣里，开始很快地走。稍稍尖利的风时不时地像海风一样拍击她，使她喘不过气来。她越走越快，仿佛有一个希望在鼓舞她，支持她，或者她心里念叨着一个愉快的想法，她的嘴在微笑，微笑被钩在那里，被遗忘在那里，她的眼神茫然……

但是她不久就饿了，步履蹒跚。她那空空的头脑里充满了不协调的嘈杂声，两条腿突然软弱无力，就好比她在船甲板上走过一样。这种感觉她已经有了一段时间。

她走进一家咖啡馆，喝了一杯牛奶咖啡。她两臂支在湿柜台上，轻轻地呷，甜甜的每一口都给她提神。咖啡馆的空气是湿的、发酸，充满了人们的气息。

慕很快就舒服些了，又叫了一杯咖啡。顾客们在不断更新。他们从她身边走过时，端详她，估量她。她抬起眼睛，不折不扣地撞击那些仅仅好奇的或已经放肆的眼光。她感到紧张，于是也盯着他们，那种不逊的神气想表现勇气，其实是很可笑的。

“是些狗，”她心里想，“这是些狗，他们不会让我安静的……”

男人们发现了这种眼神，耸耸肩。她立刻平静下来，感到很局促……她走了出去。

这时一天的时光才在她眼前恢复了真正的价值，才在空闲的钟点之间全部摊开来。虽说她有事要办，那最多只需几分钟。而在那以前，她怎么办？但她似乎也不可能有别的办法。她谁也不想，什么也不想，只想到这令人焦虑的深渊般的一天，她在深渊里慢慢陷下去，深渊似乎在她头上合拢，好像海水淹没了遇难的船，船仍然有生命，死得很慢，很久才沉到水底。

然而对于无事可做的时日，她是熟悉的：从光线短暂的冬日到从于德朗的卧室里观看——视而不见——的炽热风景的夏日。可是这一次不同于任何一次，这一天太难过，太深，太长。

随着时间的流逝，她越来越感到孤独，越来越远离她生活中熟悉的河岸。她想做的事渐渐更鲜明——没有扩大——越来越明确，而她周围的一切变得朦胧、模糊，正在消逝，她和这事在一起，感到孤独……

这个幻象并不在陪伴她。它既使她不舒服又在诱惑她，它与慕本人并无区别。它并不完全像镜子——慕不可能不去看镜中的自己——而像是她的孤独的形象本身，也就是说在这面镜子前她俯下身，只知道她应该看见自己，她就在那里……但却看不见自己。

很快，在世界的无边忧郁中只剩下这个形象与她。慕知道解决这一天，解决其他一切的惟一办法是完成那件事，它不停地、越来越紧逼地瞧着她、催她。但是出于纯粹的害怕，她还不敢割断这最后的缆绳……

她走得很快，不久就在大路上走得很远。有时母亲在星期天带她来这里。今天路上没有大群闲逛者。慕回想起来，觉得自己与那位走在塔内朗太太身旁的、疲惫又充满幻想的姑娘判若两人。

克拉玛已经很远了，虽然她回转身还能看见

她家住的那座巨大的楼房。雾气笼罩着楼房，她看不清楼层。

“等我走到默东森林后，”她心里想，“我就返回巴黎。然后去我们那一区。”

她想法消磨时间，她一直受到那件应做之事的蛊惑，但又不够坚决，不能干脆利落、毫无顾忌地去做。她耐心地等待被战胜，等待那个念头自动地变为行动，她被那个念头所左右，模糊地承受它强烈的暗示。

来到默东森林边缘时，她没有钻进树荫，而是往回走。午饭时间已过，人们又回去工作。

慕突然来到一个被荒废的花园，看上去是公园，因为有许多孩子在那里玩耍。她坐了一会儿，想到吃午饭。她口袋里有点钱，但是，朝饭馆走了几步以后，她又走回公园，觉得吃饭没有必要。

栗树的枝叶洒下凉气。没有人从她面前走过。她坐在公园一角的长凳上瞧着孩子们在蓬着头发乱跑，他们的跑动勾起了令人惊异的轻松的幻象。

世界仍在原位，多样而辽阔。那边，在她家里，生活多半像往常一样继续。他们很晚吃饭。此刻两位兄弟仍在打鼾，母亲特别精心地忙于准备饭菜。到了正午，她会简单地说：

“我们吃饭吧，不等那个疯丫头……”

如果说她有几分担心，那担心肯定也只是表面上的。那件肮脏的塔瓦雷斯事件最多只是金钱问题。万不得已她只好将佩克雷斯付的款项占为己有。如果他们有异议，她会想办法和解的，她能对付他们。总之，这件事往后拖……

这一切都不值得将神圣的时刻表后延一分钟。关于伪造的事，她信任她的儿子。她的儿子不可能做真正的坏事。的确，他可能欺骗周围的人，被某些人认为可憎可恨……嗨！她一笑置之，她，母亲，知道这一切只不过是清水上漂浮的不洁泡沫，而清水才是她儿子的美好天性。

“这是伪造，的确，”她肯定这样想，“可他是我儿子。他毫不犹豫地做他做过的事，一定是有道理的。”

她感到自己坚强而平静，就像刚做母亲时那样。生活在顺利继续。

慕平静地想到一直纠缠她的那件事的阴影，她想到自己童年时的母亲，长着温柔的灰眼睛的小姑娘的母亲。那个女人仍然对她十分温和。呵！她要对这女人做一件肮脏的事，肮脏的事！……她尽量不去想。

“等雅克走了，母亲会伤心死的。”

对此她无能为力。她自己的母亲昨夜死去了。她看见母亲被埋在对缺席者的记忆中，独自与塔内朗相处。也许在那一刻她会期待女儿对她的温情。她沉浸在对儿子的最后幻想中，不幸会使她变得伟大。

将近三点钟，慕按照对自己的允诺去到城区，但避免穿越克拉玛。她要绕很长一段路。但是只要她能逃离那个念头在她周围划定的恶圈，她的两腿会把她载到更远的地方。

她走得很快，逐渐忘掉了家人以及牺牲他们

的理由。她回头走，一口气就来到克拉玛警察局。

面对警察局的秘书，她突然停在那里，傻傻地，感到自己的身体很沉，步行并未减轻她的重量。她骤然觉得那件事取代了她。

“你们为了我哥哥雅克·格朗的事，多次来到我们家里。”她用坚定的声音大声说，“是关于塔瓦雷斯银行的问题。那好！我来告诉您他回家了……”

秘书显得吃惊。他走到柜子前取出一小叠黄色卷宗。慕想走掉，但他用傲慢的语调对她说：

“等一等，让我看看……”

他翻阅卷宗，过了一分钟，三分钟，五分钟。慕一直站在他旁边，脑子里空空的。

这时发生了一件糟糕的事：那人稍后抬起了头，一言不发地瞧着这位姑娘，仿佛怀疑她有精神病……

“我不明白您想说什么，”他终于开口了，

“我们去了您家，是的。您哥哥与之打交道的塔瓦雷斯银行是一个匪徒组织。我们看到了您哥哥的名字便去找他，而且我们也怀疑他是同谋犯。但最后是他受了骗。他本可以上诉。我不明白您来这里做什么……”

慕感到宽慰，这才意识到刚才多么害怕。她走出警察局时，两腿都使不上劲。

她艰难地朝一个小广场走去，在长凳上坐了下来。她熟悉这地方，它离家不远，一侧有一家药店，另一侧有一座小小的新教教堂，教堂四周是精心保养的花园，里面的小灌木修剪得整整齐齐。教堂是用木板盖的，大门上方有一个镶贴上去的、镂空的木头中楣，上面有金字写的拉丁文字。小广场的第三侧是市镇小学的围墙。没有学生进出。同样，教堂的门始终关着。

天气很凉，长凳都是空的。慕的身体时不时地意识到寒冷。她尽可能地一动不动，因为稍一动弹她的后背就打寒战。再说，她因跋涉而十分疲惫，一点都不想动。她勉强感觉到自己的呼吸节奏，呼吸有规律地用新鲜空气来驱散胸中的闷热。

对于刚才猛然结束的这件事，她再没有什么可想。她一下子抵达了确定的、无法更改的结果。这事不再有什么可想的，除非故意去想。

黄昏慢慢来临。她记起曾经从迪里厄的窗前日复一日地看见暮色从地平线上升起并且缓缓地使迪奥尔河那条窄线变得臃肿。灰色、淡紫色，有时是熟草莓的红色，它们交混、交织在一起，然后全部滑向潮湿的灰色。很快就几乎看不清风景了，只看见闪着光的那条河。这时升起了夜潮，它充满了水气，强大而欢快。耕地、灌木丛、苜蓿地、菜园散发出气味。离房子不远有几株胡桃树，有光泽的胡桃树的苦涩气味一直传到慕这里。那里她害怕在窗子明亮的背景前太突出自己，便遗憾地关上窗。

呵！对，她记起来了。她的不幸可能是巨大的，她看到了这一点，但并不伤心，甚至还感到一种满意。这不幸摊开在她周围，比当初的即时不幸更巨大。她曾统治过一个广阔的地区。

重要的事，她已经做了。雅克的命运不再取决于她的意志，她无能为力！她的思想在这个确认上停滞不动，就像蛇盘成了一团。

断断续续地有人走进药店，药店的大门响着铃声打开。不久橱窗就会大亮起来。

时间在流逝，愉快的是不抱任何期望地听任它流逝。

然而，慕很快就感到不适，它不久就变为疼痛……她饿了。这种感觉很快就令她很不舒服。她又找到童年的回忆。这相当奇怪但令她放心，因为这遥远的幽灵不顾变化无常的厄运，始终在她身旁。

揭发哥哥的这个念头毕竟有点过分！荒唐！其实是雅克上了塔瓦雷斯的当！……她尽量控制自己的仇恨，但是徒劳，然而她为自己提出的理由像从手指间滤过的沙粒一样从头脑里滤掉了。

警察使雅克惊恐不安。“真是开玩笑！”她想。还有母亲那么担心！她差一点笑了出来。这些甚至连自己卑劣的诺言都不遵守的懦夫、小市民：这是她家的人！

她的痛苦完全烟消云散。天黑下来，最初是慢慢地，光线渐渐减弱，接着是猛然一下，黑暗散开来，在他们身上扩展。黑夜不是遥远的、难以触及的东西，而是贴近皮肤的东西，是一头想舔你的、硕大的平和的动物。她感到内心里也有黑影，它堵住了她的喉咙，使她几乎无法呼吸。

明天她要写信，或者由她母亲写信。然后她将等待乔治的回信，或者甚至不必等。羞愧已从她的意识中消失。现在应该走，离开他们。

说实在的，对于离去，她并不感到快乐，而是怀着某种好奇。现在她要属于乔治了，他会怎样出现在她面前呢？

慕站起身，决定明智地回家。这一天如今展延在她身后，好似一座她攀登又走下的山。她平静地在黑暗中走着，除了腹中的孩子以外没有感到其他的负担。

慕走了三天以后，乔治收到塔内朗太太的来信：

先生：

您在信封背面看到了我的名字。不用我多说，您大概已经猜到了。

我与您见面不多，但已足够使我对您有正确的看法。我今天写信给您，因为您原本可以是朋友，而由于不愉快的意外情况您未能成为朋友。请相信我，先生，我本人对您的强烈好感并不亚于我的大儿子对您的好感。自你们交往一开始，雅克确实希望这种交往继续下去而且超过狭小而偶然的假期范围。这就是为什么，在他妹妹的问题上，他就让·佩克雷斯虚构了一个小小的情节。他希望您别记在心上。

出于特殊的洞察力，出于一刻不敢忘怀的对家庭利益的持久关心，雅克想使妹妹远离您，想使这姑娘避免与肯定对她产生特殊诱惑力的男人接触。唉！他只不过推迟了这个对我打击最大的不幸。如果我从一开始就听从他，我也许能避免这场灾难，可是您知道，一位母亲总是盲目的，特别是当她得不到那位父亲的坚定支持。虽然她一生只为了对子女的爱，她也会弄错……

我还需要就此再说下去吗？您了解我女儿，知道她很固执。由于她很少表露自己，这种固执就更危险。您是她挑选的幸运对象。

她生活过的那种特殊的孤独和气氛造成了她内向与粗暴的性格（在那里可以产生最邪恶的念头，因为什么也不能使她分心）。

尽管我儿子和我本人一直在严厉地纠正她这种性格，然而，直到她遇见您以前这种性格十分危险地缩起来，隐藏在本该使我们更害怕的那种克制与腼腆后面。

我们家里没有任何如此可耻的先例，因此只能这样来解释这个灾难。

我希望，先生，她的天性终将在甜蜜的幸福里尽情发挥，您的好心将得到回报。

星期五晚上，慕将乘九点四十分的火车到达塞穆瓦克。她带着几只箱子，也许您得派人去车站接她。她这次怅然归去的原因，我就不多讲了……

我知道女儿一想到离开我就难受，虽然她的伤心丝毫不流露出来。她会为我们的分离而十分痛苦。这个可怜的姑娘一点不傻，她诚心地接受这严厉的惩罚。

我不能陪她回到于德朗。我建议你们别在那里待太久，别在那里举行婚礼。等到合适的时候，有一天我会回去的，去处理被人们过于渲染的经济状况。

我担心您对我的感情产生误解。在您看来，我大概不像应该的那样去爱我的女儿。您错了：正相反，我对她的爱十分强烈、刻骨铭心，以致我不敢碰这个话题。世上存在着无出路的爱，即使是在母亲与孩子之间，有些爱是排他性的。而我是三个无父孤儿的母亲。

我没别的话说，只祝愿您幸福。有些订婚来得晚些，但很美好，相信我。

孩子，请接受我亲爱的女儿，粗暴、温柔、童年的气息与她一同离我而去。请您用即将到来的、大自然如此忧郁的秋天去温暖她。我要完成一项既艰巨又荒谬的任务，它将与我一起结束。

谢谢您。很快我会再见到你们两人，不久以后的大事将用它所带来的允诺消除我们的全部积怨。

玛丽·格朗-塔内朗

乔治·迪里厄收到信后去到乌斯塔乌。那天早上很冷，有雾。快到中午时他慢慢下山，午饭后又慢慢上山。他十分细心地填满一个又一个钟点的等待时间。

火车到站以前他早就站在车站的月台上了。慕出现了，像在巴黎一样已经穿得厚厚的，脸色略显憔悴，眼睛睁得大大的，流露出不安。她盯着乔治的眼睛，等着他走过来。

她那只戴着手套的手被乔治握着，毫无生气。但突然之间，她的目光不再凝定，她的手恢复了生气与表情。

“您有车吗？是为了箱子……”

一个给寄宿生用的崭新的箱子，这是母亲的最后一次慷慨。他们想把事情做得体面……

他们走了。远处，在大路旁，于德朗的顶峰矗立在月光下。

“你知道他们真正签了约？”慕努了一把力称他为“你”，“妈妈甚至拿了五万法郎。你知道这事？真是大笑话！……”

她的愉快在寒风中颤抖。她蜷缩在他胸前。车上没有顶篷，风就在他们头上呼啸。

“在波尔多，你会看到，有时候就刮这种风！”乔治说。

“在波尔多？”慕轻声问道。

“是的。至于那五万法郎，别担心，已经结清了。”

沉默。她需要时间来适应。

“他们在巴黎会很满意。你这样做是为了使他们高兴？”

“是的，”乔治说，“为什么不使他们高兴呢？”

Marguerite Duras
Les impudents

图字：09－2005－148 号

图书在版编目(CIP)数据

无耻之徒 /（法）玛格丽特·杜拉斯（Marguerite Duras）著；桂裕芳译. -- 上海：上海译文出版社，2025. 5. -- ISBN 978-7-5327-9868-1

Ⅰ. I565. 45

中国国家版本馆 CIP 数据核字第 2025KA3123 号

无耻之徒	玛格丽特·杜拉斯　著	责任编辑　李月敏 装帧设计　汐和 at compus studio
Les impudents	桂裕芳　译	封面插画　boho

上海译文出版社有限公司出版、发行
网址：www. yiwen. com. cn
201101　上海市闵行区号景路 159 弄 B 座
浙江新华数码印务有限公司印刷

开本 890×1240　1/64　印张 4. 5　插页 6　字数 86,000
2025 年 5 月第 1 版　2025 年 5 月第 1 次印刷

ISBN 978－7－5327－9868－1
定价：56. 00 元